KB010808

가던 길 잠시 멈춰서서

거리의 명상록

가던 길 잠시 멈춰서서

이강래 지음

문지사

대지의 욕망

반 고흐는 별에 닿을 만큼 커다란 나무를 그렸다.

태양과 달은 아주 작게, 그리고 나무는 크게 그렸다.

그 나무들은 점점 더 커져 별에 닿았다.

어떤 이가 물었다.

"아니, 세상 어디에 이런 나무가 있습니까?"

그러자 고흐가 말했다.

"나무를 바라볼 때면, 나는 언제나 하늘에 닿으려는 대지의 욕망을 봅니다. 나무는 하늘에 닿으려는 대지의 욕망이자 대지의 야심입니다. 나는 대지가 할 수 없는 것을 내 그림으로 할 수가 있지요. 하늘에 닿으려는 대지의 욕망이 바로 그것입니다."

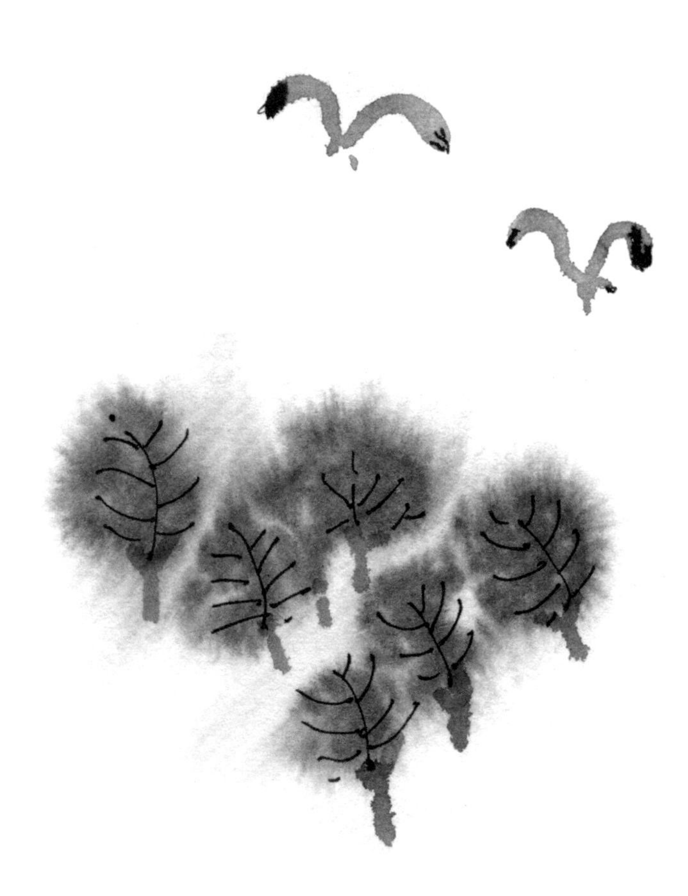

삶이 그대를 속일지라도

삶이 그대를 속일지라도
슬퍼하거나 노하지 말라
슬픈 날을 끝까지 참고 견디어라
그러면 즐거운 날이 찾아올 것이다.

마음은 늘 미래를 바라지만
현재는 한없이 우울한 나날들
모든 것은 끝없이 사라지나
지나가 버린 것은 모두 그리움으로 남게 되리라.

*푸쉬킨 Alexander Sergeyevich Pushkin (1799~1837)

〈목차〉

1 — 삶의 토대

2— 인생의 조건

3— 행복에 이르는 길

4— 자신의 빛

5 — 나무의 지혜

1— 삶의 토대

나 한 사람의 의미

무슨 일에 있어서나 나 자신을 기준으로 생각하고 행동하는 경우가 대부분이다. 세계 평화나 인류 평등을 부르짖는 사람도 그 출발점은 자기 자신이다.

때로는 혼자 살아야겠다고 세상을 도피해 보지만, 결국은 현실로 되돌아와 대중 속에 묻혀 다시 뿌리를 내리는 고단한 삶이란 작업을 수행해야 한다.

삶의 바다에서 표류자 로빈슨 크루소처럼 나 혼자만이 절망이란 섬에 갇혀 있다면 단 며칠도 보내기 어려울 것이다. 이렇듯 인간의 생활은 알게 모르게 서로 도움을 주고받으며 생활의 터전을 가꾸고 있는 것이다.

링컨은 한 사람의 의미를 이렇게 말했다.

“진정으로 내가 바라는 목적이 있다면, 내가 존재함으로써 이 세상이 더 좋아졌다는 사실을 깨닫는 일이다.”

내가 존재함으로써 내 가정, 내 직장, 내 나라가 더욱 향상될 수 있다면, 나는 무엇을 해야 할까, 한번쯤 생각해 볼 일이다.

*내가 머물고 있는 이 무한한 삶의 여정에는 모든 것이 완벽하고, 온전하며, 완전하다. 〈루이즈 L. 헨리〉

어린 시절의 꿈이 현실로

어린 시절의 추억은 귀중한 보물 창고라고 시인 릴케는 말했다. 어린 시절에, 어떤 경험을 했고, 어떤 교육을 받았느냐가 그 사람의 일생을 좌우한다는 것이다.

슐리만이라는 소년은 아홉 살 때 아버지로부터 고대 그리스의 트로이라는 도시가 땅속에 묻혀 있다는 이야기를 들었다.

이 소년은 이때부터 어쩌면 전설 속의 땅일지도 모를 그 유적을 찾아보겠다는 결심을 하게 된다. 그러나, 부모님도 돌아가시고 병까지 얻게 되어서 좀처럼 자금이 마련되지 않았다. 여러 가지 직업을 전전하면서도 열심히 유적 발굴을 위한 자금을 모았다.

그리고 틈만 나면, 역사나 고고학에 대한 공부를 했다. 드디어 마흔네 살이 되었을 때 발굴 작업에 착수하여 땅속 7미터나 되는 곳에서 그 옛날의 성벽을 찾아냈다.

어린 시절 유치한 소년의 꿈으로 그치지 않고, 역사상의 위대한 업적으로 이어지는 순간이었다.

이렇듯 어린 시절의 마음속에 무한한 꿈을 심어주고 사랑을 심어주는 일은 우리 어른들의 일임을 실감할 수 있다.

*영혼의 문을 열고 살라. 〈콩트〉

큰 인물의 조건

큰 인물은 여덟 가지의 조건을 갖추어야 한다.

첫째, 욕심이 적은 소욕小慾

둘째, 만족함을 아는 자족自足

셋째, 고요하게 안정된 적정寂靜

넷째, 삿됨과 번뇌를 여의는 원리遠瀨

다섯째, 부지런히 노력하는 정진情進

여섯째, 마음이 산란하지 않는 선정禪定

일곱째, 일체를 아는 지혜知慧

여덟째, 세상사에 거리낌이 없는 무애無碍

*위인은 하루 한번 어린아이가 된다. 〈W. 워즈워스〉

인간의 그릇

어느 날 마호메트가 낮잠을 자다가 눈을 떠 보니 고양이 한 마리가 자기 옷자락 위에서 잠을 자고 있었다. 마호메트는 손짓으로 제자를 불러서 가위를 가져오게 하더니 옷자락을 잘라서 고양이가 그대로 자게 하고는 조용히 자리에서 일어섰다고 한다.

인간의 그릇을 알게 하는 것은 사랑과 관용과 타인에 대한 배려에 따라 다르다. 자기 것만 챙기는 사람, 남의 입장을 이해하지 못하는 사람이 큰 인물이 된 경우는 드물다.

*사람을 대할 때는 따뜻한 분위기를 자아내라. 〈근사록〉

마음을 다스리는 10가지 낱말

절제 : 심신이 둔해질 정도로 음식에 탐닉하지 않는다.

침묵 : 무익한 일에 대해서는 말하지 않는다.

규율 : 모든 물건은 장소를 정해 보관하고, 할 일은 시간을 정한 다음에 행한다.

결단 : 꼭 해야 할 일이 있다면 결심하라. 결심했다면 반드시 실행에 옮긴다.

검약 : 쓸데없는 일에는 돈을 쓰지 않는다.

근면 : 시간을 낭비하지 않는다. 항상 유익한 일을 행하고 불필요한 일을 삼간다.

성실 : 부정한 마음을 버리고 공정하게 생각하고 바른 언행을 한다.

중용 : 쉽게 격분하지 말고 상대의 마음을 읽는다.

청결 : 신체 · 의복 · 주거생활의 깨끗함을 게을리하지 않는다.

순결 : 정신적으로 평온을 유지하고 육체적으로 불결함을 멀리한다.

*자기에게 일어나는 일을 운명의 신이 자기에게 엮어 주는 일만을 사랑하라.
〈마르쿠스 아우렐리우스〉

항상 마음 써야 할 생각

볼 때는 명明를 생각하고, 들을 때는 청聽을 생각하며, 색色은 온溫을 생각하고, 모貌는 공恭을 생각하며, 언言은 충忠을 생각하고, 사事는 경敬을 생각하며, 의심스러울 때는 문問을 생각하고, 분할 때는 난難을 생각하며 득得을 보면 의義를 생각하라.

1. 시각에 있어서는 명민할 것
2. 청각에 있어서는 예민할 것
3. 표정에 있어서는 부드러울 것
4. 태도에서 있어서는 성실할 것
5. 발언에 있어서는 충실할 것

6. 행동에 있어서는 신중할 것

7. 의심스러운 일이 있을 때는 자세히 살펴볼 것

8. 감정에 이끌려 미혹되지 말 것

9. 이득을 보면 반드시 의를 잊지 말 것

*명예는 밖으로 나타난 양심이여, 양심은 내부에 깃든 명예이다. 〈쇼펜하우어〉

마음을 낚는 법

강태공 여상의 병법서 『6도六韜』를 보면 첫머리에 문왕과 강태공이 만나는 장면이 나온다.

문왕이 강태공에게 말했다.

"낚시하는 것이 즐거워 보입니다."

"군자는 자기의 이상이 실현되는 것을 기뻐하고, 소인은 눈앞의 일이 이루어지는 것을 기뻐하지요. 소신이 지금 낚시질을 하는 것도 그러한 일과 흡사합니다."

그래서 문왕이 무엇이 흡사하냐고 물었다.

"낚시에는 세 가지 방법이 있습니다. 물고기를 불러 모으는 법은 임금이 봉급으로 인재를 부리는 것과 같고, 고기가 끌려와서 잡히게 하는 법은 임금이 신하로 하여금 목숨을 바치게 하는 것과 같고, 물고기에 따라 미끼의 크기를 조절하는 것은 임금이 인물에 따라서 벼슬의 정도를 정하는 것과 같은 것입니다."

그리하여 물고기를 낚는 법과 사람의 마음을 사로잡는 법에 대해 비교하면서 설명하자, 임금의 스승으로 발탁되어서 천하통일의 대업을 이룬다.

강태공은 문왕이라는 대어大魚를 낚았고, 문왕은 강태공이라는 대어를 낚은 셈이다.

*인간은 의연하게 현실의 운명을 받아들여야 한다. 거기에 모든 진리가 숨겨져 있다.〈고흐〉

마음을 비우면 내가 보인다

마음속에 불만이 없으면 몸이 편하다.

마음속에 자만이 있으면 존경심을 잃는다.

마음속에 욕심이 없으면 의리를 행한다.

마음속에 노여움이 없으면 말씨도 부드러워진다.

마음속에 용기가 있으면 뉘우침이 없다.

마음속에 인내심이 있으면 일을 성취한다.

마음속에 탐욕이 없으면 아부하지 않는다.

마음속에 잘못이 없으면 두려움이 없다.

마음속에 흐림이 없으면 항상 안정을 가질 수 있다.

마음속에 교만이 없으면 남을 공경한다.

*꽃이 만발하려면 비바람도 많고 인생에는 이별도 많다. 〈당시선唐詩選〉

마음을 비우는 지혜

갈대밭에 바람이 불면 갈댓잎이 수런수런 소리를 낸다. 그 바람이 지나가면 언제 그랬냐는 듯이 조용하다. 소리가 남지 않은 탓이다. 기러기가 고요한 호수 위를 나르면 그림자가 물 위에 비친다. 그러다 기러기가 지나가고 나면 그림자는 남지 않는다. 눈앞에 일이 생기면 마음이 움직이는데, 일이 끝나고 나면 과연, 우리의 마음은 비워지는 것일까? 이렇게 마음을 비울 수만 있다면 건강한 육체에 밝은 정신이 깃들 것이다

*호사스런 죽음보다 고생스런 삶이 낫다. 〈격언〉

마음의 고향

세상 사람들의 마음은 온갖 번뇌와 망상으로 얼룩져 있어 마치 큰 파도와 같다. 물결이 출렁일 때마다 사람들의 몸과 마음도 출렁거려 어떤 사물도 제대로 보지 못한다.

그러나 마음속에서 일고 있는 물결이 잠잠해지면 모든 사물이 제 모습을 나타낸다. 연못이 바람 한 점 없이 고요하면 물밑까지 훤히 보이는 것처럼.

사람은 작은 일에도 마음이 흔들린다. 흔들리는 마음을 억제하기란 쉽지가 않다. 그러나 지혜로운 사람은 이를 바로 잡는다. 마음을 바로잡는 일이 행복의 시작이다.

마음은 보기도 어렵고 미묘하나 지혜 있는 사람은 이를 잘 다스린다. 마음을 잘 다스리는 사람은 안락한 삶을 살아간다.

이렇듯 활짝 열린 마음에는 어떤 티끌도 없다.

마음이 활짝 열려야 세상을 바로 볼 수 있다.

*생각하는 바가 밝으면 마음의 참모습을 볼 수 있다. 〈채근담〉

마음의 빛깔

사람의 마음은 불꽃과도 같아 인연에 닿으면 타오른다.

사람의 마음은 번개와도 같아 잠시도 머무르지 않고 순간에 소멸한다.

사람의 마음은 허공과도 같아 뜻밖의 연기로 더럽혀진다.

사람의 마음은 원숭이와 같아 잠시도 그대로 있지 못하고 계속 움직인다.

사람의 마음은 그림을 그리는 붓과 같아 온갖 모양을 그려낸다.

*만일 구름이 없었다면 우리는 태양을 즐기지 못할 것이다. 〈J. 레이〉

마음으로 빌면 꽃이 핀다

'마음으로 빌면 꽃이 핀다.'

괴로울 때

어머니는 언제나 말씀하셨다.

이 말을

나는 언제부터인가

외우게 되었다.

그리고 그때마다

나의 꽃이 이상하게도

하나하나

피어 있었다.

이 시를 쓴 사람은 일본의 사카무라 신민이라는 작가의 작품으로 전국 각지는 물론, 해외까지 시비詩碑가 세워졌는데, 무려 3백 기가 넘는다고 한다.

진실한 마음으로, 겸허한 마음으로 기도하듯이 마음으로 빌면 원하는 것이 꽃으로 피어난다는 아름다운 시다.

*자기 일을 찾아낸 사람은 행복하다. 그로 하여금 다른 행복을 찾게 하지 말라. 그에게는 일이 있으며, 인생의 목적이 있는 것이다. 〈칼라일〉

6연

인생살이의 여러 국면에서 지켜야 할 마음가짐을 6연六然이란 말로 다음과 같이 요약하고 있다.

자처초연自處超然 : 자기 자신에 대하여 초연하며 속세의 일에 구애받지 않는다.

처인애연處人靄然 : 남과 사귐에 있어서 상대를 즐겁게 하고 기분을 좋게 한다.

유사참연有事斬然 : 무슨 일이 있을 때는 꾸물대지 않고 명쾌하게 처리한다.

무사징연無事澄然 : 아무 일이 없을 때는 물처럼 맑은 마음을 갖는다.

득의담연得意擔然 : 일이 잘 진행되는 때일수록 조용하고 안정된 자세를 잃지 않는다.

실의태연失意泰然 : 실의에 빠졌을 때일수록 태연자약한 모습을 유지한다.

*자기 몸을 수양하고 남을 책망하지 않는다. 〈좌전〉

공경할 만한 사람

이 세상에는 섬기고 공경할 만한 여덟 가지의 향기로운 사람들이 있다.

첫째, 사랑하는 마음을 가진 사람

둘째, 연민하는 마음을 가진 사람

셋째, 남을 기쁘게 하는 마음을 가진 사람

넷째, 남을 보호하고 감싸는 마음을 가진 사람

다섯째, 집착하지 않고 마음을 비운 사람

여섯째, 부질없는 생각을 하지 않는 사람

일곱째, 바라는 것이 없는 사람

여덟째, 영혼의 순결을 지키려는 사람

*오늘로써 내일을 빛내라. 〈브라우닝〉

어울리는 사람

남과 잘 사귀는 사람이 있다. 사교성이 있는 사람을 말한다. '인간은 사교적 동물'이라고 한 세네카의 말을 빌리지 않더라도 사교적이건 비사교적이건 인간은 어떤 형태로든 사귐을 통해서 사회의 구성원으로 생활을 영위한다.

비사교적인 사람은 사람 만나기를 싫어해서 본의 아니게 손해를 입는 일도 있다. 물론 사교적인 사람이라고 해서 항상 환영받는 것은 아니다. 주책없이 아무 데나 끼어든다는 평을 듣는 사람은 어울리면서도 환영받지 못하는 사람이다.

논어를 보면 '군자는 화이부동和而不同하고, 소인은

동이불화同而不和한다는 말이 있다. '군자는 어울리되 동화되지 않고, 소인은 동화되면서 화합하지 않는다.'는 뜻이다.

군자는 진실되게 화합은 할지언정 부화뇌동附和雷同하지 않는 사람이고, 소인은 부화뇌동하면서도 불화를 일삼는 사람을 말한다. 부화뇌동이란 주체성 없이 남의 일에 휩쓸리는 것이므로, 주체성을 잃지 않으면서도 조화를 이루는 것이 군자이고 주체성 없이 휩쓸려 다니면서도 조화를 이루지 못하는 것이 소인이다.

이렇듯 잘 어울리면서도 개성을 잃지 않는 마음가짐이 군자의 모습이다.

*미워하는 마음을 밖으로 드러내면 원망을 사게 된다. 〈좌전〉

천리안을 가진 사람

미래에 일어날 일에 대해서 관심을 갖고 궁금하게 생각하는 것은 인간만이 가진 특성이라고 할 수 있을 것이다. 가까운 미래나 장래의 운수는 물론이고, 내세에 대한 문제까지도 생각하는 일이 많은 것을 보면, 다른 동물과는 달리 인간은 역시 미래 지향적인 동물이라고 생각할 수 있다.

그래서 흔히들 '비전을 가져라, 꿈을 갖고 살아라. 멀리 보고 살아라.'하는 식으로 장래의 일을 미리 생각할 줄 알아야 한다고 가르치고 있다. 이처럼 먼 앞날을 알아보는 사람을 '천리안千里眼'이라고 하지만, 이 말은 원래 불교 용어였다고 한다.

중국에 다음과 같은 고사가 있다.

양일楊逸이라고 하는 29세 된 청년이 광주라는 곳의 지방 장관이 되었을 때의 일이다. 양 장관이 어찌나 열심히 일을 했던지 칭송이 자자했다. 그런데 양 장관이 부임한 뒤부터 이상한 일이 일어났다. 갑자기 관리나 군인들이 약탈이나 부정한 일을 하지 않게 되었던 것이다.

그때부터 "양 장관은 천리안을 가졌기 때문에 절대로 속일 수가 없다."는 소문이 퍼졌더라는 것이다. 사실은 부정을 없애기 위해서 미리 사람을 풀어서 감시를 시켰던 것인데, 사람들은 그가 천 리 앞을 본다고 믿었던 것이다. 이때부터 천리안이라는 말이 생겨났다고 하지만, 루즈벨트 대통령도 30대의 젊은 비밀요원을 풀어서 부정행위를 발본색원했다는 이야기도 예외는 아닐 것이다.

*이 세상에 존재하는 것은 오직 사람뿐이고 나머지는 모두 사람의 손이나 뇌에 의해서 존재가 증명된다. 사람은 멋진 존재다. 〈막심 고리키〉

고독을 사랑하는 사람

가끔 한번이라도 '혼자 있고 싶다.'는 생각을 해 본 적이 있을 것이다. 그러나 과연 우리는 얼마나 고독을 참을 수 있는 걸까.

이런 생각을 해 본 적이 있을 것이다.

학자들이 연구한 것을 보면 고독이란 것이 생각한 만큼 달콤한 것이 아니라, 공포와 불안의 연속이며 인간성의 파괴 현상까지 일으키는 것을 알 수 있다.

인간이란 본능적으로 집단생활의 욕구를 갖고 태어난 동물이기 때문에 고독을 견디지 못하는 특성이 있기 때문이다. 평소에 집단생활을 하는 동물 한 마리를 격리시켜 놓으면 한 달에서 한 달 반(4~6주) 사이에

극도로 신경질이 되고, 두 달 반(10주)이 경과하면 걷잡을 수 없이 난폭한 행동을 할 뿐만 아니라 피부에 염증까지 생기더라는 연구 결과이다.

미국과 캐나다에서 실험한 것이지만, 아무 소리도 없는 쾌적한 독방에 들어간 피험자被驗者는 처음에는 잠을 자기 시작하다가 시간이 경과함에 따라 불안, 초조로 인하여 참을 수 없게 되고 심지어는 헛것이 보이고 이상한 소리가 들렸다고 한다. 지루함을 잊기 위해서 몸을 움직이고 노래를 부르고, 휘파람을 불고 혼잣말을 하기도 하지만, 단 며칠을 견디는 사람이 드물었다는 것이다. 절대고독은 편안함을 주는 것이 아니라 오히려 스트레스가 된다는 것이 결론이었다.

못마땅한 사람 때문에 인생 자체를 비관적으로 생각하기도 하지만, 마음을 열고 집단의 따스함 속에 자기를 적응시키지 않으면 몸과 마음에 병이 생긴다는 것을 염두에 두어야 할 것이다.

*사람이 우주에 대해 더 많이 이해하게 되면 존재하는 것은 모두 주파수라는 것을 인식하게 된다. 〈피타고라스〉

졸 같은 사람

우리 인간에는 장기판의 말을 움직이는 기사 같은 존재와 움직임을 당하는 졸卒 같은 존재로 구분해 볼 수 있다. 졸 같은 사람은 자발성이나 의욕이 없고 타인의 지시에 따라 움직이는 피동적인 사람을 일컫는다. 원래 인간의 심성은 졸 같은 존재가 아니라, 자신의 의지대로 행동하는 존재가 되고 싶은 미래 지향적이라는 것이다.

졸 같은 사람을 능동적, 자발적으로 바꾸려면 자기도 할 수 있다는 확고한 깨달음이 필요하다. 이것을 드샴이라는 심리학자는 '자기 원인성의 자각'이라고 지적하였다. 자기 원인성의 자각에는 다음과 같은 항목이 있다.

① 자기가 행동의 주체라는 자각

② 목표설정

③ 수단적 활동의 설정

④ 현실성의 자각

⑤ 책임감의 자각

⑥ 자신감

⑦ 주위의 응원

*주위 사람들을 확실하게 믿어주면, 그들 역시 충실한 모습을 당신에게 보여줄 것이다. 〈에머슨〉

지혜로운 이의 삶

지금 유리하다고 해서 교만하지 말고
불리하다고 비굴하지 말라.
무슨 말을 들었다고 가볍게 생각하지 말고
그것이 사실인지 깊이 생각하여
이치가 명확할 때 과감히 행동하라.

벙어리처럼 침묵하고 임금처럼 말하며
얼음처럼 냉정하고 불처럼 뜨거워져라.
태산 같은 자부심을 갖고
때로는 누운 풀잎처럼 자신을 낮추어라.

역경을 잘 참아내고

형편이 좋아졌을 때를 조심하라.

재물을 오물처럼 볼 줄 알고

터지는 분노를 잘 다스려라.

때로는 마음껏 풍류를 즐기고

사슴처럼 삶을 두려워할 줄도 알고

호랑이처럼 무섭고 사나운 행동을 보여야 한다.

*인생은 병이며, 세상이 병원이다. 그리고 죽음이 의사인 것이다. 〈H. 하이〉

인격의 무게

옛날 선비들은 외형상 남루한 옷을 걸치고 있었을망정 체통을 세워야 한다는 자기관리 의식이 있었고, 보통 사람과는 달라야 한다는 선민정신을 가지고 있었다. 오늘날의 기준으로 보면 무능한 자로 세상의 일과는 타협할 줄 모르는 융통성 없는 선비로 보일 것이다. 그러나 인격의 무게를 더하고 그것을 지키려고 노력한 사람들이었다는 점은 부인할 수 없다.

현대인이 말하는 인격이란 옛날 사람의 인격과는 같을 수 없겠지만, 몇 가지 공통점은 남아 있음을 엿볼 수 있다.

1. 부정을 멀리한다. 부정한 방법으로 부와 명예, 권력을

탐하지 않는 정신을 소유하고 있다.

2. 염치를 안다. 매사에 조심하고 삼가는 사람을 나약하고 온순하게 보일지라도 인격의 향기를 느끼게 해준다.

3. 정의와 의리를 중요시한다. 자기 중심적, 자기 본위로 눈앞의 이익을 좇아 성공은 하였으나 인격의 무게를 느낄 수 없다.

4. 흔들리지 않는 가치관을 가지고 있다. 뿌리 깊은 나무와 같은 모습으로 의연함을 잃지 않음이 인격체라고 믿고 있다.

*어느 깊이만큼 괴로워하느냐 하는 마음가짐이 한 인간의 위치를 결정한다. 〈니체〉

인격이 주는 보답

양반 두 사람이 집으로 돌아가는 길에 고기를 사게 되었다. 푸추간에는 나이가 많아 보이는 백정이 이들을 맞았다.

"여봐라. 고기 한 근만 다오."

"예 그러지요."

함께 온 다른 양반은 백정이 천한 신분이기는 해도 나이가 많아 보여 함부로 말할 수가 없었다.

"여보게. 나도 고기 한 근 주게나."

"예, 그렇게 하겠습니다."

조금 전보다 매우 공손한 태도를 취했다. 그리고 저울을 넉넉하게 달았다.

"이놈아. 같은 한 근인데, 어째서 이 사람 것은 많고, 내 것은 적단 말이냐?"

불같은 호령에도 나이 많은 백정은 태연했다.

"예, 별것 아닙니다. 그야 손님 고기는 '여봐라'가 자른 것이고, 이분의 고기는 '여보게'가 잘랐을 뿐입니다."

*군자는 의로움에 밝고 소인은 이익에 밝다. 〈논어〉

성공한 사람은 다투지 않는다

자기의 삶에 확고한 신념을 가지고 있는 사람은 남과 사소한 일로 다투거나 분쟁을 일삼는 행동을 삼간다.

자기의 인생에 자신감을 가지려면 약한 자, 비열하고 교활한 자를 경쟁 상대로 맞서지 않고 진심으로 존경할 수 있는 인격자를 표본으로 삼는 것이 중요하다. 존경의 상대를 선택하였으면 온 힘을 다해 그와 동등한 위치에 오르려고 노력함은 당연하다.

비록 그와의 경쟁에서 밀리고 지더라도 결과적으로 자신의 성장에 많은 도움을 얻을 수 있다. 그러나 약한 자를 경쟁자로 한다면 큰 힘을 들이지 않고 이기더라도 성장의 변화를 얻을 수 없다. 대등하거나 한 수 아래의 바둑판에서 무엇을 얻을 수 있겠는가?

언제나 전력을 다해서 일을 성취하는 사람만이 자신감에 넘친 삶을 살아갈 수 있고 성공이란 열매를 걷을 수 있다.

*옛사람의 덕을 표본으로 삼아 자신의 인격을 수양한다. 〈좌전〉

올바른 습관이 인격을 키운다

"나는 타인의 의견에 대해 정면으로 반대한다든지, 내 의견을 단정적으로 표현하는 일은 삼가기로 했다. 예컨대 '확실히', '의심할 바 없이'와 같은 결정적인 말을 사용하는 대신에 '제 생각은 이렇습니다만, 그러나…'하는 식으로 의사를 소통할 것이다."

상대의 잘못이 분명한 경우에도 곧바로 반대하거나 지적하지 않고 '그런 경우도 있겠군요. 그렇지만 이 경우는 좀 사정이 다르다고 생각합니다.'하고 말머리를 돌리는 것이다.

처음에는 흥분을 자제하기 어려웠지만, 이제는 아주 익숙하게 되었다.

50여 년 동안 나에게서 독단적인 발언을 들은 사람은 거의 없을 것이다. 제2의 천성이 된 이 방법으로 나는 많은 일을 성취할 수 있었다."

미국의 교육자이며 사회 운동가 벤저민 프랭클린의 말이다.

*극단을 피하라. 마땅한 이유가 있다고 생각하면, 손해를 입은 사람의 분노를 기꺼이 참아 넘기라. 〈프랭클린〉

왕복 차표가 없는 인생

'인생에는 왕복 차표가 없다. 한번 떠나 버리면 다시는 돌아올 수 없다.'

'인생을 다시 시작할 수 있다면……'

'그때 그 시절로 다시 돌아갈 수만 있다면……'

하고 한탄하는 사람이 있지만, 지나간 인생은 수정이 불가능하다.

잘못 쓴 문장을 다시 고쳐 쓰듯 추고 또는 퇴고를 할 수 있다면, 잘못된 활자를 찾아내듯 자신의 삶을 교정할 수만 있다면, 누구나 멋진 인생을 다시 꾸밀 수 있을 것이다.

그러나 우리가 태어날 때 받은 인생이란 차표는 한번 떠나서는 돌아올 줄 모르는 길을, 죽음이란 종점까지만 태워다 준다.

'실패가 적은 인생, 후회가 없는 인생'을 살려면 얼마나 빨리 자신의 삶에 대해 충고와 수정을 하고 어떻게 교정을 바르게 보느냐는 노력 여하에 달려 있다고 할 것이다.

***인간은 운명이라고 하는 천을 짤 수는 있으나 그것을 끊을 수는 없다.** 〈마키아벨리〉

인간은 열려 있는 문과 같다

지상의 현상은 하나의 비유에 불과할 뿐이다.

모든 비유는 영혼을 간직할 준비만 되어 있다면 그곳을 통해 내부 세계로 들어갈 수 있는 열려진 문과 같다. 그 내부로 들어가면 당신과 내가 낮과 밤이 하나가 된다. 눈으로 볼 수 있는 모든 현상은 하나의 비유이고, 이 비유 속에 정신과 영원한 생명이 있다는 생각을 갖게 한다.

물론 이 문을 통해서 비밀한 것을 현실로 느끼면서, 아름다운 꿈을 버린 채 뒤돌아보지 않는 사람은 아주 적다.

*미래가 기다려지는 이유는 하루만큼씩 오기 때문이다. 〈링컨〉

인간관계 십계명

1. 먼저 말을 걸어라. 즐거운 인사말보다 더 이상 멋진 것은 없다.

2. 미소를 보내라. 찡그리는 데는 얼굴 근육이 72개 필요하고, 웃는 데는 단 14개가 필요하다.

3. 이름을 불러주라. 사람의 이름만큼 아름다운 음악은 없다.

4. 친절한 마음으로 대하라. 친절만큼 가슴을 따뜻하게 하는 것은 없다.

5. 성심성의껏 대하라. 즐거운 마음으로 일을 하면 진심이 우러난다.

6. 관대하라. 비판보다는 칭찬이 사람의 인격을 넓게

한다.

7. 관심을 가져라. 마음만 먹으면 모든 사람과 친해질 수 있다.

8. 감정을 존중하라. 사랑과 미움은 종이 한 장 차이에서 온다.

9. 의견을 존중하라. 의견은 세 가지가 있다. 당신의 의견, 상대방의 의견, 가장 올바른 의견.

10. 봉사하라. 세상에서 가장 가치 있는 것은 남을 위해 봉사하는 일이다.

*순간을 사랑하라. 그 순간의 힘이 모든 한계를 넘어선다. 〈칸트〉

인생은 한낮의 꿈

어느 화창한 봄날, 장자莊子는 양지바른 창가 작은 책상 앞에 앉아 있었는데, 어느 사이엔가 잠들어 있는 동안 자신이 나비가 되어 버렸다. 그러자 나비는 장자 자신이 되어 버리고 장자가 나비가 되었다는 생각은 완전히 사라져버렸다.

그런 형상 속에서 얼마 동안 시간이 지나서 눈을 뜨자, 그 나비는 어느 사이에 생전의 장자로 되돌아가 있었다. 비로소 깨달은 것이지만, 도대체 어찌 된 일인가?

장자가 나비가 된 것일까? 아니면 나비가 장자가 된 것일까? 모두 꿈이라고 생각한 것일까. 현실이라고 생각한 것이 꿈이었을까? 아무래도 그 점을 알 수 없었다.

인간은 꿈을 꾸고 있는 동안 만큼 그 사실을 모른다. 그래서 꿈속에서, 또 한편으로는 그 꿈을 통해 길흉을 점치고 있다.

드디어 잠에서 깨어나자 그것이 꿈이었음을 깨닫게 되는 순간 인간 모두에게는 비로소 이 세상이 하나의 큰 꿈이라는 사실을 깨닫게 된다.

*운명에는 우연이 없다. 인간은 어떤 운명을 만나기 전에 벌써 제 스스로 그것을 만들고 있는 것이다. 〈윌슨〉

3가지 유혹

영국의 경험 철학자로 유명한 프랜시스 베이컨이 유혹에는 세 가지가 있다고 다음과 같이 말하고 있다.

"인간에게는 세 가지 유혹이 있다. 거친 육체의 욕망, 제 잘났다고 거들먹거리는 교만, 졸렬하고 불손한 이기심, 이 세 가지가 그것이다. 이로 인하여 모든 불행이 과거에서 미래까지 영원히 인류의 무거운 짐이 되고 있는 것이다. 이 세상에 이 세 가지, 육욕과 교만과 이기심이 없었다면 완전한 질서가 지배하였을 것이다. 이러한 무서운 병, 누구나 마음속에 지니고 있는 이 유혹의 싹에 대하여 우리가 취해야 할 방법은 무엇일까? 그것은 각자가 닦아야 할 자기 수양밖에 없다. 인간의 마음이란 때로는 가장 완성된 상태에 있으며, 또 한편 가장 부패한 상태에 있다. 그러므로 좋은 마음가짐을 지니고 있을 때 그 상태를 유지하면서 악한 유혹을 몰아내야 한다."

즉 참다운 인생이란 유혹과 싸워나가는 과정이라고 해도 과언이 아닐 것이다.

*성공해서 만족한 것이 아니라, 만족하고 있었기 때문에 성공한 것이다. 〈알랭〉

참인간은 앞일을 걱정하지 않는다

'처연凄然하여 가을 같고 난연煖然하여 봄과 같다.'
가을이 되어 쓸쓸해지면 사람의 마음도 쓸쓸해진다. 봄이 되어 따뜻해지면 사람의 마음 역시 봄같이 따듯해진다. 그러므로 사람이 기뻐하는 것이나 화를 내는 것이나 슬퍼하는 것이나 즐거워하는 것이 모두 자연의 변화와 통하게 된다.

이런 사람을 가리켜 장자는 진인眞人이라 했다. 어쨌든 보통 사람들은 나쁜 짓을 해 본 적이 없다 해도 웬일인지 과거가 후회되고 또 앞날이 걱정된다.

『논어』에 '소인은 항상 척척戚戚하다.'라고 했는데, 마음의 평화를 얻지 못한 자는 항상 신경만 쓰고 있다는 뜻이다.

그런데 장자가 말한 것처럼 자연의 물결과 더불어 마음을 쓴다면, 그럴 필요가 전혀 없게 된다.

그래서 장자는, '지인至人이 마음을 쓰는 데는 거울과 같다. 미리 앞일을 걱정하지 않는다.'라고 말한다.

이는 지나간 과거 일을 후회하지 말라. 미리 장래의 일을 걱정하지 말라는 매우 훌륭한 교훈이다.

*지혜로운 사람도 한가지 실수는 있고, 어리석은 사람도 한가지 재주는 있다. 〈사기〉

삶의 토대

'티끌 모아 태산'이라는 속담은 재물을 비롯한 물질적인 것만이 아니라 생활 습관에 대해서도 뜻을 주는 말이다.

그래서 하루하루의 행동이 쌓이면 좋은 습관이 되고, 좋은 습관은 성공적인 인생을 만드는 토대가 된다.

'하루의 행위가 운명을 만든다'는 말도 있듯이 매일 조깅을 해서 건강을 유지하는 것도 좋은 예이고, 매일 조금씩 외국어를 공부해서 유창한 회화를 할 수 있게 되는 것도 같은 방법이다.

이처럼 우리의 사회생활에는 작은 듯 보이면서도 조금씩 쌓여서 큰 업적이 되는 경우가 많다.

우리가 행하는 하루의 아침 조회나 직장의 회의 시간도

귀찮다거나 하찮은 일로 생각하는 사람이 있겠지만, 조깅이나 외국어 공부에 못지않게 하루 일과를 뜻있게 시작하는 귀중한 시간이다.

 꾸준히 계속해서 반복하면 자신감이 붙고 세상을 살아가는 용기를 얻을 수 있다.

*오늘을 열심히 살면 내일은 시련에 대응하는 새로운 힘을 가져다줄 것이다. 〈힐티〉

삶의 두 가지 방법

우리가 인생을 살아가는 데는 대략 두 종류의 삶이 있다. 그중에 하나는 주위로부터 멀리 떨어져서 그 누구의 간섭도 받지 않는 고요 속에 자기 자신과 자연이 조화를 이루는 은둔 세계를 말한다. 다른 또 하나의 삶은 친밀한 교제를 바탕으로 가까운 이웃과의 관계 친구들과의 빈번한 교제, 사상의 자유로운 교환, 애정의 길, 이와 같은 일상적인 것들이 어떠한 방해와 지배를 받지 않는 자유로운 생활을 말한다. 삶을 즐기기 위해서 또 인간의 본능적인 소질을 발휘하기 위해서 이 두 가지 생활은 똑같이 필요하다.

*사랑이 없는 청춘, 지혜가 없는 노년, 이 모두는 실패한 인생이다. 〈스웨덴 속담〉

삶의 기회

어느 날 유명한 재벌에게 어린 시절의 친구가 찾아왔다.

그 친구는 아주 딱한 형편에 놓여 있다는 것을 금방 알아볼 수 있을 정도로 남루한 차림을 하고 있었다.

재벌은 우선 자기가 경영하고 있는 식당으로 데리고 가서 맛있는 음식을 마음껏 먹도록 배려해 주었다.

그런 다음 돈을 두둑히 주고는 자기네 호텔에 묵도록 친절을 베풀면서 내일부터는 아주 멋진 일을 할 수 있도록 주선해 주겠다는 약속까지 하며 친구를 안심시켰다.

그런데 이튿날 친구는 오지 않았다.

이에 호텔 지배인을 불러서 이러이러한 손님이 묵었을 텐데, 지금 무엇을 하고 있느냐고 물었다.

그런데 유감스럽게도 밤 사이에 그 친구는 급체로 세상을 떠났다는 것이었다. 그가 좀 더 일찍 재벌 친구를 찾아갔더라면 아마도 생명을 잃는 일은 없었을 것이다.

세상을 살면서 누군가와 상의를 하고 협조를 구할 필요가 있을 때는 늦기 전에 기회를 만드는 것도 삶의 방법임을 생각해 볼 필요가 있다.

*내가 머물고 있는 이 무한한 삶의 여정에는 모든 것이 완벽하고, 온전하며, 완전하다. 〈루이즈 L. 헤이〉

삶과 죽음은 동전 한 닢 차이

그리스 신화에 타르타로스라는 지옥이 있고 엘리시온이라는 낙원이 있다.

타르타로스 지옥의 주변에는 여러 갈래의 강이 흐르고 있는데, 그 중 아케론 강에는 카론이란 나룻배 사공이 있었다. 이 사공에게 동전 한 닢의 뱃삯을 치르지 못하면 강을 건널 수 없었다. 그래서 죽은 사람의 입에 동전을 한 개씩 넣어주게 되었다고 한다. 하지만 객사를 했거나 가난하게 죽은 영혼들은 동전이 없으면 이 강을 건너지 못하여 정처 없이 떠돈다는 것이다.

*인생은 교향악이다. 삶의 순간이 각각 다른 합창을 하고 있다. 〈로망 롤랑〉

2— 인생의 조건

삶에는 공식이 없다

한 그루의 나무가 자라기 위해서는 적당한 땅과 공간, 햇볕과 수분이 필요하듯이 인간이 삶을 영위하려면 생존 조건이 반드시 갖추어져야 한다. 한편 기회 포착에 대한 능력이 부족하면 삶의 길을 잃어버리거나 낙오자로 추락한다. 설사 좋은 기회를 얻게 되더라도 한순간의 결정적인 선택이 인생의 모든 것을 좌우한다. 이렇게 삶을 통해 얻어지는 성공과 실패는 자신과의 싸움에서 쟁취한 결과이다. 그러므로 삶에는 공식이 없다.

*인생은 한 권의 책과 같다. 왜냐하면, 그들은 단 한 번 밖에 그것을 읽지 못함을 알고 있기 때문이다. 〈잔 파울〉

삶의 조건

미래를 바라보고, 내일을 계획하고, 희망을 꿈꾸는 것은 모두 필요한 삶의 절대적 조건들이다. 그러나 인간은 미래만을 위해서 사는 존재가 아니다. 현재라는 시간의 흐름 속에서 삶을 영위하고 있다. 시간은 순간순간의 연속이다. 그러므로 인간은 순간 속에서 살아가고 있는 존재이며, 현재를 경험하는 순간 속에서 의미를 찾고 있는 특별한 존재인 것이다.

순간은 인간만이 느낄 수 있는 의식이라는 반복을 되풀이하며 관념 속에서 싹트고 꽃이 핀다. 의식적 존재인 인간에게는 현재뿐만 아니라 과거도 함께 지나고 있다.

또한, 헤아릴 수 없는 영혼의 깊이를 가지고 비록 눈에 보이지는 않지만, 미래를 향해 부단히 움직이고 있는 흐름의 존재이다. 우리의 힘으로 헤아릴 수 없는 삶의 신비가 바로 여기에 존재해 있는 것이다.

*인생은 하나의 경험이다. 경험이 많을수록 더 훌륭한 사람이 된다. 〈에머슨〉

삶의 모습은 강물과 같다

삶의 모습은 강물과 같다. 잠시도 쉬지 않고 움직인다. 어떤 때, 우리의 삶은 여름과 같다. 냇물은 말라 버리고 메마른 바닥은 생존의 여백만큼 고독하다.

또 어떤 때는 우기를 맞아 둑이란 둑을 모두 무너뜨리고 사방으로 흘러나와 큰 바다를 이루기도 한다.

이렇듯 삶이란 빈 곳을 채워 주는 순리다. 그러므로 삶을 투쟁으로 보아서는 안 된다. 우리의 삶이란 각자의 인생을 축하하기 위해서 흐르는 것이다.

삶은 하나의 시, 하나의 노래, 하나의 춤이다.

*자기의 운명을 짊어질 수 있는 용기를 가진 사람은 영웅이다. 〈헤르만 헤세〉

인생의 소금

미국의 철학자 존 듀이가 90세가 되던 해 후배 젊은 학자와 나눈 이야기를 소개해 본다.

젊은 학자는 철학을 업신여기는 듯이 빈정거렸다.

"그따위 말장난이 뭐가 좋단 말입니까? 도대체 그게 무슨 소용이 있지요?"

그러자 노철학자는 조용히 말했다.

"그건 말일세, 우리가 산을 오르게 하니까 좋은 걸세."

"산을 오르다니요? 그게 내 인생에 무슨 도움이 된다는 말입니까?"

여전히 젊은이는 불평하듯 말했다. 그러자 존 듀이는 젊은이의 무릎에 손을 가볍게 얹으며 말해 주었다.

"산을 오르면 올라가야 할 다른 산이 있다는 걸 알게 되지. 그래서 내려와서는 다음 산을 오르게 되고, 다시 올라가야 할 또 다른 산이 있다는 걸 알게 되는걸세. 만일 자네가 올라가야 할 산을 보려고 계속해서 산을 오르지 않는다면, 이미 자네의 인생은 끝이라네."

이 비유가 등산 이야기가 아님을 이해할 것이다.

*우리는 우리가 생각하는 것보다 더 우리 자신의 힘 속에 자기 운명의 열쇠를 가지고 있다. 〈구울드〉

생존의 법칙

어느 날 장자는 밤나무 숲으로 사냥을 나갔다. 그때 처음 보는 커다란 새 한 마리가 유유히 날고 있었다. 그 새는 장자가 활로 자기를 겨냥하고 있는 줄 모르는지 장자 쪽으로 더 가까이 날아오더니 나뭇가지 위에 앉았다. 찬찬히 살펴보니 그 새는 사마귀를 노리고 있었다.

한편 사마귀는 자기를 덮치려는 새를 보지 못하고 앞발을 쳐들고 뭔가를 노려보고 있지 않은가. 그래서 그 사마귀가 노리고 있는 걸 살펴보니 매미가 서늘한 그늘 아래서 멋들어지게 울고 있었다.이 모습을 본 순간 장자는 비로소 크게 한숨 지었다.

"어허, 어리석도다. 세상의 모든 것은 눈앞의 욕심

때문에 자기를 잊고 있구나. 이것이 만물의 참 모습일까?"

*하늘의 뜻에 따르고 편안한 마음으로 운명을 받아들이면 근심 걱정이 없다. 〈역경〉

인생의 목표

크건 작건 우리에게는 목표가 있다. 공동의 목표도 있고, 개인의 목표도 있다.

"목표란 달성하기 위하여 있는 것이다."

하고 큰 소리로 장담하는 사람이 있는가 하면 목표조차 설정을 하지 않은 채 막연한 상태로 허송세월하는 사람들도 있다.

프랑스의 작가 겸 평론가였던 앙드레 모로아는,

"인생을 영위하는 기술은 하나의 공격 목표를 정하고 거기에 힘을 집중하는 것이다."

라고 말했다.

모로아는 제2차대전 직전 미국으로 건너가서

프린스턴 대학에서 강좌를 맡은 적이 있었다. 대학에서 계속해 강의를 맡아 달라고 부탁을 했지만, 위험에 처한 조국으로부터 떨어져 있을 수 없다 하여 귀국을 한 사람이다.

모로아는 역사상에 큰 업적을 남긴 사람들을 연구한 결과 그들에게는 모두 특이한 공통점이 있다는 것을 발견했다.

그것은 곧, 자기의 인생에 명확한 목표를 정하고 그 한 가지 일에 전력을 다했다는 사실이었다.

평범한 사람에게는 목표를 세우는 일조차 쉬운 일이 아닐지도 모른다. 그러나 역사상의 위인이 되기 위한 목표는 아닐 것이다.

그래서 큐벨이라는 사람은,

"목표란 반드시 달성되기 위해서 세워지는 것이 아니라, 표준 점의 구실을 하기 위해서 세워지는 것이다."라고 말했다.

지금 우리 앞에 있는 해결해야 할 과제도 목표이고 어떤 기간까지 성취해야 할 골Goal도 목표이다.

수험생에게는 합격의 목표가 있고, 내 집 마련을 꿈꾸는 분들에게는 집 한 채가 목표다. 공동의 목표이건, 개인의 목표이건, 우선 목표를 세우는 것이 출발점이다.

그리고 그 목표 달성을 위한 수단과 방법을 총동원해서 목표에 도달하는 것이 우리의 목표다.

'인생의 목적은 지식이 아니고, 행동(올더스 헉슬리)'이기 때문이다.

*1년의 행복을 위해서는 정원을 가꾸고, 평생의 행복을 원하면 나무를 심어라. 〈영국 속담〉

목표에의 도전

사람들은 누구나 "아무 일도 하지 않고, 아무 지시도 받지 않고, 아무 목표도 없이 놀고먹을 수만 있다면 얼마나 좋을까?" 하는 생각을 해 본 적이 있을 것이다.

일을 하지 않고도 살아갈 만큼 경제적 여유가 있다고 가정해 볼 때 어떤 일이 벌어질까? 잠이나 실컷 자겠다는 사람, 좋아하는 운동이나 열심히 하겠다는 사람….

사람마다 희망은 다르겠지만, 그런 일을 계속한다고 해도 과연 며칠을 지탱할 수 있을까.

잠은 건강이나 휴식을 위한 것이지 그 자체가 행복의 목표는 아니다. 계속해서 자면 오히려 식욕을 잃고, 건강도 잃고 지루함 때문에 병을 얻을 것이다.

등산이나 운동은 왜 하는 것일까? 건강을 위해서 싫지만 하는 사람이 있는가 하면 산정을 정복하는 기쁨, 실력이 향상되어서 경쟁에서 이기는 기쁨, 금메달을 목에 걸고 인기와 명예를 누리고 싶은 욕망, 우리의 일도 등산이나 운동과 마찬가지로 정상을 정복하기 위해서는 남보다 더 많은 땀과 노력이 필요하다.

나태해지는 자신을 채찍질하면서 정상이라는 목표, 금메달이라는 목표를 향하여 매진하는 것처럼 목표에 도전하는 데에서 행복을 찾아야 할 것이다.

*나는 나 자신을 용서했다. 그러자 나의 인생은 다시 시작되었다. 〈링컨〉

모험적 목표

노만 빈센트 필 박사는 그의 저서『적극적인 정신자세』에서 렌 루소드란 인물과의 만남을 소개하고 있는데, 이 렌 루소드의 일화는 우리가 목표를 세우는 데 큰 도움을 줄 것이다.

'렌 루소드는 청년 시절, 인생의 목표를 모험적인 생을 위해서 설정하였다. 그리하여 그는 고교 시절에는 격렬한 운동선수로, 그리고 대학에서는 철학도로서 모험적인 논쟁의 명수였다. 또 공군에 입대해서는 하늘을 나는 스릴을 만끽하면서 지냈고, 전쟁터에서는 마치 죽기 위해 싸우는 듯 했다. 그러나 전쟁이 끝나자마자 그는 참으로 절망적인 허탈에 빠지고 만다. 자신이 너무나 맹목적인 인생을 살아왔다는 허탈감에 빠졌던 것이다.

이때 렌은 필 박사를 만나게 되었고, 필 박사의 인품에 끌려 주급 25달러라는 당시로써는 생활비로도 충당되기 어려운 급료를 받고 필 박사가 발행하는「가이드 포스트」지 발행을 함께 거들었다.

세월이 흘러 백만 부에 가까운 발행 부수를 가진 「가이드 포스트」지가 세계적으로 유명한 종교 잡지가 된 것처럼, 렌 루소드란 이름 역시「가이드 포스트」지의 편집장으로 명성을 얻었다.

렌은 그때서야 비로소 모험적인 인생이 얼마나 무의미한지를 깨닫게 되었다.

모험적인 목표는 극히 찰나적인 상태에서 세워지는 경우가 많다. 만약 사회인으로 착실하게 성장해 가던 당신이 전혀 다른 분야의 전문적 기술의 부족으로 인해 심한 상처를 받았다고 한다면, 지금부터 당신을 상처받게 했던 그 기술을 익힐 수는 없지 않을까.

평범한 직장인으로서의 무능에 화가 나서 5년째 법률 서적을 뒤적이며 고시 준비를 해오고 있다는 어느 30대 젊은 가장의 이야기를 듣는다면, 당신은 과연 어떤 느낌을 받을까. 박수를 치면서 그의 무모한 모험을 격려할 수만은 결코 없을 것이다.

목표를 정하는 데 있어 가장 중요한 것은 결코 무모한 모험심을 가져서는 안 된다는 사실이다. 그 목표의 영광이 강렬하게 자기 내부의 욕망을 자극한다고 해도 당신의 인생을 모험으로 엮어 갈 수는 없을 것이다.

모험적인 목표는 착실한 성장보다는 언제나 위험스러운 결단을 요구한다. 그것은 오기에 불과할 뿐이며 도박이라고 부르는 후회스러운 승부수에 지나지 않는다.

쉽게 타오르는 불길은 쉬 사그라진다. 인생의 욕망은 한낱 불꽃과 같이 사그라지는 찰나적인 것에서 만족의 쾌감을 가져다주지 못한다. 진지하게 한 계단 한 계단 당신의 역량에 알맞게 살아감으로써 무한한 인생의 가능성은 펼쳐진다.

그러므로 모험심이란 청춘의 환상을 자극하는 순간적

쾌락 그 이상을 가져다주지 못한다는 것을 알아 둘 필요가 있다.

*훌륭한 일을 이루려면 목표와 끊임없는 노력이 필요하다. 〈시경〉

인생은 실패와 좌절의 연속이다.

인생은 실패와 좌절의 연속이다. 그 중요한 원인은 자연이나 운명에 있는 것이 아니라, 우리 자신의 잘못된 교육과 지식에 책임이 있다. 우리 인간은 거대한 조직체를 만들기에 열중하고 그 속에 스스로를 얽매어 놓고 끊임없이 분규와 혼란에 빠져 있다. 또 우리는 여러 가지로 힘의 비결을 발견하고는 믿을 수 없을 만큼 초월된 자연의 법칙까지 지배하려고 허망한 야욕에 매달린다. 하지만, 우리 자신은 그 자연의 힘에 노예가 되거나 희생물이 된다.

*만족은 가난한 자를 풍족하게 하고 풍족한 자를 가난하게 만들기도 한다.
〈프랭클린〉

실패와 패배는 다르다

우리는 살아가면서 크건 작건 간에 실패를 겪은 아픈 경험을 가지고 있다. 학교 시험에 실패한 사람도 있고, 연애에 실패한 사람도 있고, 사업에 실패한 사람도 있다. 그러나 실패는 패배가 아니다. 삶을 살아가면서 한두 번쯤 실수나 실패를 하지 않은 사람은 없을 것이다.

지금은 일류 선수가 된 운동선수들도 헤아릴 수 없이 많은 패배의 눈물을 흘리면서 성장하여 스타가 되고 재벌이 된 경영자들 중에도 많은 실패를 경험하면서 성공한 사람들이다. 예술가나 학자, 종교가도 예외는 아니다.

패배하는 사람과 성공하는 사람의 차이는 그 실수나

실패 때문에 좌절해서 주저앉느냐 그것을 경험으로 삼아 더욱 분발하고 노력하느냐의 차이에 있다.

그러므로 실패는 패배가 아니라, 성장하기 위한 시행착오라고 해야 마땅하다.

*인생은 학교다. 그곳에서는 행복보다 불행 쪽이 더 훌륭한 교사다. 〈프리체〉

젊을 때 노력하지 않으면

젊을 때는 세월의 흐름이 빠르다는 것을 느끼지 못하다가 나이가 들면서 '이제까지 나는 무엇을 했던가?' 하는 회한에 빠지는 사람도 많을 것이다. 그래서 "소년은 늙기 쉽고 학문은 이루기 어렵다."는 말이나 "젊을 때 노력하지 않으면 늙어서 후회와 슬픔을 맛보리라"는 말을 되새기게 한다.

젊을 때의 노력은 나이 들어서 하는 노력보다 시간적으로 유리할 뿐만 아니라 젊음 자체의 장점 때문에 성과도 빨리 나타난다. 업종, 사업 범위에 따라 다르겠지만, 흔히들 성과를 올릴 수 있는 나이는 스물다섯 살에서 마흔 살까지라고 한다.

젊음에는 다음과 같은 장점이 있다.

첫째: 창의력이 풍부하다.

둘째: 건강과 활력이 넘친다.

셋째: 꿈과 야망이 있다.

넷째: 과감한 행동력이 있다.

다섯째: 자기 자신에 집중 투자할 수 있다.

***1분 늦는 것보다 3시간 빠른 것이 더 낫다.** 〈셰익스피어〉

세상에는 길이 너무나 많다

세상에는 크고 작은 길이 너무나 많다. 그러나 도착지는 모두 다 같다. 말을 타고 갈 수도 있고, 차로 갈 수도 있고, 둘이서 아니면, 셋이서 함께 갈 수도 있다. 그러나 마지막 한 걸음은 혼자서 가야 한다. 그러므로 이 세상에서 아무리 어려운 일이라도 혼자서 하는 것보다 더 나은 지혜나 능력은 없다.

*부정한 부와 지위는 뜬구름과 같은 것이다. 〈논어〉 즉 부정한 방법으로 재화를 모으고 지위를 얻어 사치스러운 생활을 하는 것은 하늘의 뜬구름과 같다는 말.

내일이라는 마취제

'내일 백마를 탄 왕자가 나를 모셔 가리라.'하고 눈부신 내일을 몽상하는 여자들의 심리를 신데렐라 증후군(신드롬)이라고 한다지만, 이는 누구에게나 조금씩은 있는 인간의 약점이 아닐까.

그러나 그런 몽상 때문에 '오늘도 이 정도로만 하고, 내일부터는 열심히 하겠다.'고 생각하는 사람도 적지 않다. 그것은 내일부터 잘하겠다는 결심이 아니라, 지금은 안 하겠다는 마취제이며, 이런 마음가짐으로는 영원히 자기를 변혁시킬 수는 없다. 오늘 할 일을 내일로 미루면 영원히 이루지 못하는 인간의 속성을 생각해 볼 일이다.

세계 제2차대전 때 사막의 여우로 칭송받던 독일의 롬멜

장군은 1차대전 때에는 한날 위관급 장교에 불과했다.

그가 이탈리아 북부 전선에 배속되어 전투가 시작되던 날, 그는 설사와 복통으로 전투에 나설 형편이 아니지만, 과감하게 출전하여 그로부터 몇 달간 눈부신 전공을 세웠다. 전투란 내일로 미룰 수 없는 긴박한 상황이다.

'될성싶은 나무는 떡잎부터 다르다.'고 해야 할지
'떡잎부터 다르면 되게끔 되어 있다.'고 해야 할지
2차세계대전 전에는 보병부대 지휘관이던 롬멜은
2차대전이 일어난 후, 전차부대 지휘관으로 성공적으로 변신하게 된다.

보급의 부족으로 결국은 패배했지만, 이는 그의 잘못이 아니다. 달력에는 내일이 있지만, 우리들의 일에는 내일이 없어야 할 것이다.

*성공하기 위해서는 다른 사람의 방법이 아닌 자기 자신의 방법이 무엇보다 중요하다는 사실을 항상 마음에 새기고 있어야 한다. 〈링컨〉

직장은 인생의 학교

직장이란 '돈을 받으면서' 공부를 할 수 있는 곳이다. 직장에 다니면서 고시 공부나 자격시험 준비를 할 수 있다는 뜻이 아니라, 일을 배울 수 있고 사람을 만날 수 있고, 뜻을 펼 수 있는 곳이라는 말이다. '학비를 내고, 매까지맞으면서' 다니던 학교와는 달리 돈을 받으면서 배우는 인생의 학교라는 뜻이다. 처음 취직을 했을 때는 신입생과 같다. 처음부터 여러 가지를 배우기 시작하다가 경험과 실력이 늘면서 상급반으로 올라간다. 그동안에 배운 것이 하나하나 일의 실력이 되고 관록이 되고 명예가 된다. 그리고 그에 따라서 보수도 많아진다. 그렇게 계속 상급반으로 올라가다 정년이나 은퇴의 시기가 되면

'빛나는 졸업장'을 받는다.

그러나 공부를 게을리한 사람은 유급되거나 도태되기도 한다. 자기 계발을 게을리하고 업무 지식을 연마하지 않으면 낙오하고 만다. 직장을 인생의 학교라고 생각하는 사람 무엇이건 배워서 실력을 쌓아가겠다고 생각하는 사람은 계속 성장해 간다. 공부에 재미를 붙여서 노력하는 학생은 성적이 오르고, 일에 재미를 붙여서 노력하는 사람은 업적이 오른다.

인생 자체가 바로 삶의 학교이기 때문이다.

*열심히 노력해 보라. 시간은 매우 공평한 것으로 미지의 내일이 당신에게만 나쁠 이유가 없을 것이다. 〈법구경〉

취업 5계

경기가 다소 나아졌다고는 하나 취업준비생들에게는 여전히 낙타가 바늘구멍에 들어가기보다 어렵다.

한편 기업들의 경력자 위주 채용과 수시 채용이라는 채용 패턴은 미취업자들을 더욱 곤혹스럽게 만들고 있다.

여기 참고삼아 취업준비생들을 위한 '취업 5계'를 소개해 본다.

① 아르바이트를 하라

자신의 취업 희망 분야와 관련 있는 아르바이트를 선택한다. 최근 기업들이 중시하는 '경력 관리'를 위해 아르바이트나 인턴십을 활용하면서 준비하는 것도 괜찮은 방법. 근무회사의 임원에게서 추천서를 받으면 더욱 유리하다.

② 전문 지식을 쌓아라

아무런 정보 없이 면접에 임하지 말고 미리 희망 업종이나 기업에 대한 정보를 파악하는 것이 유리하다. 관련 전문지 등을 통해 정보를 얻고 이를 발췌 · 정리해 면접 때 활용하면 좋다.

③ 능동적 자세로 면접에 임하라

면접관에게 질문을 던질 수 있다는 역발상도 필요하다. 물론 반드시 예의를 지키고 최대한 절제된 가운데 질문해야 한다.

④ 취업 강좌를 수강하라

취업을 준비하는 졸업 예정자라면 방학 동안 학교에서 마련하는 각종 특강 등을 수강하는 것도 좋은 방법이다. 어차피 7, 8월이 지나야 채용이 시작되므로 방학 동안 희망 취업 분야의 관련 특강을 듣는 것도 큰 도움이 된다.

⑤ 인적 네트워크를 구축하라

채용 박람회와 취업 설명회는 빠짐없이 참가하라.

취업에 도움이 되는 인적 네트워크를 만들기에 좋은 장소이다. 참가 업체들을 미리 조사하고 관심 있는 회사의 관계자에게 얼굴 도장을 찍어 두는 것이다. 목마른 자가 우물을 찾는 법이다. 사회 전반적인 분위기와 경제에 관심을 두고 주의 깊게 살펴본다면 자기에게 맞는 직업을 구할 수 있을 것이다.

*사람의 가치는 타인과의 관련으로써만 측정될 수 있다. 〈니체〉

기업인의 신조

나는 평범한 사람이 되는 것을 거부한다.

나의 능력에 따라 비범한 사람이 되는 것은 나의 권리이다.

나는 안정보다는 기회를 선택한다. 나는 계산된 위험을 단행할 것이고 꿈꾸는 것을 실천하고 건설하며 또 성공하고 실패하기를 원한다.

나는 보장된 삶보다는 고통받는 삶에 대한 도전을 선택한다.

나는 유토피아의 생기 없는 고요함이 아니라, 성취의 전율을 원한다.

나는 어떤 권력자 앞에서도 굴복하지 않을 것이며, 어떤 위협에도 굽히지 않을 것이다. 자랑스럽고 두려움 없이 꿋꿋하게 몸을 세우고 스스로 생각하고 행동하는 것, 내가 창조한 결과를 만끽하는 것, 그리고 세상을 향해 하나님의 도움으로 이 일을 달성했다는 자부심, 이것이 '기업가'라고 힘차게 말할 수 있을 것이다.

*나는 보통사람에 지나지 않는다. 그러나 그 보통사람들보다 더 많이 일한다.
〈루스벨트〉

직업의식

진정한 직업인이 되려면 우선 스스로가 타인에게 바람직한 사람이 되도록 노력해야 한다. 회사 측에서는 그 회사를 믿고 제품이나 서비스를 믿고 함께 일하는 동료들이 서로 신뢰하는 인물이 되기를 바라고 있다. 근무시간만 적당히 채우면 된다고 하는 책임감 없는 인물이 아니라 몇 시간이 걸려도 맡은 업무를 마무리하는 적극적인 직원을 요구한다.

또한, 회사는 지시나 조언이 없으면 아무것도 할 수 없는 피동적인 인물이 아니라 독립된 활동을 할 수 있는 인물을 원한다. 이러한 인물은 늘 자신감에 차 있고 매사에 헌신적이다. 그중에서 가장 바람직한 것은 업무 수행에 확고부동한 사고방식을 지니고 있는 인물이다.

요즘은 근무 시간만큼만 일하고 급료 받기를 원하는 사람이 많다. 이런 직원은 회사의 부채이며 사내에서의 불평불만, 동료 간의 마찰이나 트러블을 일삼는 암과 같은 존재이다.

기업은 생물과 같은 공동체로서 이익과 성장이 뒤따르지 않으면 존립할 수 없다는 직업의식을 갖고 충실하게 공동 목표를 이룩해야 한다.

***1분 늦는 것보다 3시간 빠른 것이 더 낫다.** 〈세익스피어〉

자기혁신

성적이 좀처럼 오르지 않는 학생이 있었다. 마음을 가다듬고 공부에 집중하려 했지만, 잡념이 생기고 쉽게 졸음이 와서 모처럼의 각오도 깨져 버리고 결심한 뜻을 제대로 행하지 못한다는 자책감 때문에 성격마저 우울해지는 고통이 뒤따랐다.

그 학생은 막연한 각오가 아니라 자기의 결점이 무엇인지, 무엇부터 고쳐야 할까를 생각해 보기에 이르렀다. 그러자 문득 깨닫는 바가 있었다. 우선 엎드려서 공부하던 습관을 버리고, 반드시 책상에 앉아서 "자, 하자!" 하는 기합을 넣고 나서 시작하기로 마음먹었다.

건전한 사람이라면 누구나 나쁜 습관을 버리고 자기

성장을 위한 무엇인가를 하려고 하는 노력이 이성이란 본능이다.

스위스의 문학가이며 철학자인 아미엘이 남긴 『일기』를 보면 다음과 같은 유명한 말이 나온다.

'마음이 변하면, 태도가 변한다.'
'태도가 변하면, 습관이 변한다.'
'습관이 변하면, 인격이 변한다.'
'인격이 변하면, 인생이 변한다.'

*어제는 돌이킬 수 없는 우리의 것이 아니지만, 내일은 이기거나 질 수 있는, 우리의 것이다. 〈L. B. 존슨〉

자기 효력감

성공을 거듭한 사람은 더욱 성공하고, 실패를 거듭한 사람은 계속 실패하는 경우가 많은 것 같다.

성공을 거듭한 사람은 '성공 체험'의 즐거움이 의욕을 북돋운 탓인데, 이를 심리학자 밴듀러는 '자기 효력감'이라고 불렀다.

한편 실패를 거듭하는 사람은 학습성 우울증이 생겨서 쉽게 자포자기하는 상실감에 빠진다는 것이다.

자기 효력감에는 네 가지 요인이 있다.

1. 자기 체험: 직접 체험한 것이 생생하게 자신감을 가져다준다.

2. 대리 체험: 인생에는 많은 스승이나 선배가 있다.

다른 사람의 성공 체험을 연구하거나 모방하여 자기의 것으로 만들어 삶의 디딤돌로 삼는다.

3. 대인적 영향: 주위 사람의 칭찬이나 윗사람이 인정해 줄 때 자신감이 붙고 자기 효력감이 생겨서 의욕과 적극성이 생긴다.

4. 생리적 변화: 승리나 성공의 체험은 엔도르핀의 증가뿐만 아니라, 생리적 변화도 가져온다.

실패의 요인인 '학습성 우울증'에서 탈피하여, 성공 체험을 경험하는 자신감을 갖도록 노력할 일이다. 이것이 성공으로 이끄는 힘이다.

*지나가는 구름은 볼 수 있다. 그러나 마음속의 생각은 볼 수 없다. 〈호주 속담〉

자기 능력 관리

누구에게나 나름대로의 능력을 가지고 있다. 문제는 어떤 종류의 능력인가, 어느 정도의 능력인가에 따라서 평가가 달라진다는 것이다.

'독수리는 파리를 잡지 못한다.'는 속담도 있듯이 능력의 종류나 수준은 다르다. 그러나 가장 중요한 것은 모처럼의 능력도 갈고 닦지 않으면 퇴화하고 만다는 점이다.

날지 못하는 새가 가장 대표적인 예로 날개가 퇴화해 버려서 땅 위에서만 살게 된 새. 그런 새처럼 되어버린 사람을 우리는 주위에서 만나게 된다.

한때는 능력이 출중했던 사람이 무능한 사람으로 전락해 버리는 이유는 자기 능력 관리를 하지 않았기 때문이다.

물론 기회를 만나지 못해서 재능이 썩고 있는 사람도 있다. 그러나 능력 관리를 하지 않게 되면 재능도 퇴화하는 것은 당연한 일이다.

능력 관리란 끊임없이 공부하고 적극적으로 대처하고 겸허하게 반성하는 자세를 가리키며 능력은 귀중한 삶의 재산이다.

*가장 뛰어난 사람은 고뇌를 통하여 환희를 차지한다. 〈베토벤〉

리더의 등급

제갈공명은 장수의 그릇을 여섯 가지로 분류하였다.

1. 배반할 사람을 가려내고, 위기를 예견할 줄 알고, 부하를 잘 통솔하면 '열 명의 리더'가 될 수 있고,

2. 아침부터 밤까지 일하고, 언변이 신중하고 능하면 '백 명의 리더'가 될 수 있고,

3. 부정을 싫어하고, 사려가 깊으며, 용감하고 전투 의욕이 왕성하면 '천 명의 리더'가 될 수 있고,

4. 겉으로 위엄이 넘치고 안으로는 불타는 투지가 있으며 부하의 노고를 동정하는 마음씨가 있다면 '만 명의 리더'가 될 수 있고,

5. 유능한 인재를 등용함은 물론 자신이 매일매일

수양에 힘쓰며 신의가 두텁고, 관용할 줄 알며, 항상 동요함이 없으면 '십만 명의 리더'가 될 수 있고,

6. 부하를 사랑하고, 경쟁자에게도 존경받고 지식이 풍부하여 모든 부하가 따른다면 '천하 만민萬民의 리더'가 될 수 있다고 했다.

*큰 인물이 되기 위해서는 자기가 부닥치는 어떠한 운명이라도 이용하려는 각오가 없어서는 안 된다. 〈라 로슈푸코〉

윗사람을 리드하는 방법

직장에 변화의 바람이 불면서 '부하'와 '상사'의 관계가 바뀌고 있다. 그러므로 직장 상사를 뛰어넘는 지혜가 요구되는 현실이다.

첫째, 자기 분야의 전문가가 되어야 한다.

자신의 부가가치를 높여야 윗사람으로부터 신임을 받을 수 있다. 이를 위해서는 자신에 대한 투자를 게을리해서는 안 된다. 업무에 대한 정보나 실력이 뛰어나면 좋든 싫든 상사는 부하에게 의지할 수밖에 없다.

둘째, 한 단계 위에서 생각한다.

직급에 맞게 생각하고 지시받은 사항만을 처리하고 보고한다는 생각은 버려야 한다. 자신의 직급이 대리라면 과장의 눈높이와 사고방식을 가지고 접근해야 한다.

셋째, 업무 이외의 분야에 대해서도 관심을 갖는다.

다양한 분야에 호기심을 가지면 자신의 경력을 넓히는 데 도움이 되어 업무와 연결시킬 수 있다.

넷째, 최신 정보를 습득한다.

가장 빠르고 정확한 정보를 접하고 있는 사람이 부서 내에서 영향력을 발휘하므로 업무에 관한 정보를 항상 수집하고 컴퓨터 폴더를 통해 정리해 둔다.

다섯째, 각 부서의 상사에게서 배울 점을 놓치지 않는다. 다른 분야의 상사가 가지고 있는 장점까지 파악해 둔다. 한편 상사의 위치에서 삼가해야 할 행동이나 말들을 기록해 두는 것도 한 가지 방법이다.

*다른 사람을 지배하려는 사람은 먼저 자기 자신의 주인이 되어야 한다. 〈p. 매신저〉

성장형 인간의 조건

꿈·이상·목표 : 달성하려고 하는 목적이 없으면 노력의 의미가 없고 열의가 나지 않는다.

건강 : 건강은 활동의 원동력이자 행동의 원천이다. 그러므로 건강한 정신과 육체는 성공으로 가는 길을 만든다.

열정 : 일에 대한 열의와 사랑이 없으면 성과가 오르지 않을 뿐만 아니라 보람을 느낄 수 없다.

학구열 : 배워 발전하겠다는 정신자세를 갖지 않으면 제자리 걸음으로 인생의 낙오자가 된다.

인맥 : 많은 사람을, 그것도 나와는 전혀 다른 성격의 소유자나 경험이 풍부한 사람을 통해 그의 지식을

경청하는 태도를 기른다.

적극성 : 불가능을 생각하지 않고 어떻게 하면 가능하게 되는가를 찾아낸다.

자립심 : 자기의 실력으로 난관을 돌파한다.

*인간은 일생 동안 많은 기회가 있다. 그것을 볼 줄 아는 눈과 붙잡을 수 있는 의지를 가진 사람이 나타나기까지 기회는 기다리고 있다. 〈구울드〉

자기 반성

희랍의 철학자이며 수학자였던 피타고라스는 '피타고라스의 정의'를 발견한 것으로 유명하지만, 위대한 스승으로도 이름을 날린 교육자이다.

피타고라스는 제자들에게 매일 밤 그날의 일과를 되돌아보고, 다음 사항들을 체크해 보도록 주의시켰다.

'오늘의 공부는 과연 성공적으로 끝 맞추었는가?'

'더 배울 것은 없었는가?'

'더 잘할 수는 없었는가?'

'게으름을 피운 일은 없었는가?'

이처럼 매일 매일을 반성하게 하여 훗날 모두가 훌륭한 인재들이 되었다는 것이다.

채근담에도 반성하지 않는 게으름 때문에 자기의 삶을 망치는 일이 많다고 지적하고 있다.

루터는 매일 수염을 깎듯 마음을 다듬지 않으면 자기 성장을 이룰 수 없다고 가르치고 있다.

'하루에 세 번 반성하라'고 하는 일일삼성一日三省이나 '내 몸을 세 번 돌아보라'고 한 삼성오심三省吾身의 옛 성현의 말씀은 자신을 반성하고 개선하는 마음의 자세를 일깨워 주어 바른 인생의 길을 인도하고 있다.

*내가 하기 싫은 일을 남에게 시키지 마라. 〈논어〉

독창성을 기르는 법

독창성이란 예술가나 학자에게만 필요한 것이 아니라, 어떤 분야에서나 앞서 가려는 사람에게는 필수적인 조건이라고 할 수 있다.

독창성을 기르는 법을 소개해 보겠다.

1. 우선 머리를 비워서 고정관념을 없앨 것. 타불라라사Tabularasa란 말은 아무것도 쓰여 있지 않은 백지 상태, 마음을 비운 상태이므로 무엇이건 있는 그대로 받아들인다.

2. 왜, 어떻게, 그렇게 되느냐에 대하여 현상을 부정하고 반문해 본다.

3. 자기 자신을 객관적으로 바라보는 눈을 가진다.

4. 자기의 목표를 항상 확인하면서 끈기 있게 밀고 나간다.

5. 위축되었거나 눈치를 보지 말고 자유분방한 마음가짐을 갖는다.

6. 시대의 흐름에 눈을 떼지 말고 미래의 흐름을 읽으려고 노력한다.

7. 신문을 비롯하여 다양한 정보 흡수에 힘을 쏟되 많은 정보를 얻어야 하고, 정보의 발신지를 찾아서 현장 확인을 하도록 한다.

8. 소설이나 예술 분야의 정보를 풍부히 하여 영감이나 힌트를 얻을 수 있는 문호를 넓게 한다.

9. 사람과의 만남의 폭을 넓게 하되 동업자나 직장 동료 이외의 사람에게까지 폭을 넓힌다.

최선의 것

에이브러햄 링컨의 유명한 말이 있다.

"나는 내가 할 수 있는 최선의 것을 실행하고, 언제나 그 상태를 지속시키려고 노력한다."

링컨은 스물두 살에 처음 사업에 실패한 이래, 거의 매년 실패의 고배를 마셔야 했다. 한번도 제대로 성공하지 못하고 수도 없이 선거에 출마를 했지만 번번이 낙선을 거듭하였다.

쉰한 살이 되어서야 대통령에 당선되고 재선까지 하기에 이르렀다. 링컨은 청년 시절도 중년 시절도 고난의 연속이었지만 좌절하지 않고 끝까지 그 '최선의 것'에 도전했기 때문에 목표를 달성할 수 있었다.

성공한 사람들의 얘기를 듣고 보면, 모든 것이 그럴듯하고 또 그렇게 될 수밖에 없었다고 생각되는 점도 많은 건 사실이다. 그러나 사람은 태어날 때 누구나 평등했으나 살아가면서 진로나 결과가 달라지게 된다.

하루하루를 성실하고 적극적인 자세로 임한다면 성공의 기회는 누구에게나 주어진다는 신념이 무엇보다 중요하다.

*스스로 극복하는 힘을 가진 사람이 가장 강하다. 〈세네카〉

3— 행복에 이르는 길

열의

러시아의 유명한 작가 고르키가 한 말에 이런 것이 있다.

"일이 즐거우면, 인생은 낙원이다. 일이 의무라면 인생은 지옥이다."

미국 뉴욕시의 어느 허름한 사무실 구석에서 "무엇인가, 내가 할 수 있는 일은 없을까?" 하고 항상 눈을 번득이는 심부름꾼 소년이 있었다.

출납 계원이 바쁘게 계산을 하고 있으면 "계산을 저에게도 시켜 주십시오." 하고 자청을 했고 잔심부름도 기꺼이 자진해서 했다.

매우 감동한 회계사는 틈이 날 때마다 부기簿記나 회계의 원리를 가르쳤고, 그렇게 1년 정도가 지나자 소년은 출납 대리를 맡아볼 정도가 되었다.

그 회계사가 다른 자리로 옮기게 되자, 소년을 후임자로 추천했다. 이 소년은 훗날 뉴저지 스텐다드 석유회사의 사장이 된 베드포스이다.

일에 대한 욕망과 열의를 가지려면, 어떻게 해야 할까. 우선 자진해서 관심과 호기심, 흥미와 애착심을 가져야 한다. 무관심한 일, 애착심이 없는 일에 열의가 생길 리가 없기 때문이다. 그리고 그 관심과 애착심이 행동으로 나타날 때 열의가 엿보인다는 것이다.

*일이 즐거우면 그게 곧 낙원이다. 반대로 일이 의무가 되면 그게 곧 지옥이다.
〈고르키〉

열등감 콤플렉스

우월감과 열등감은 종이 한 장 차이라는 말도 있지만, 누구나 어떤 종류의 우월감이나 열등감을 갖고 있다는 것은 평범한 일이다.

우월감이건 열등감이건 너무 심할 경우 문제가 되지만, 특히 열등감은 처리 방법에 따라서 인생 자체가 달라지는 경우도 많다.

심리학자 아들러는 '열등감'과 '열등 콤플렉스'를 구별해서 열등감은 누구나 갖고 있는 감정이지만, 열등감이 비뚤어진 것이 열등 콤플렉스라고 정의했다.

모든 인간의 진보는 열등감을 극복하려는 노력으로 이루어진 것이지만, 열등 콤플렉스는 사회에 기여하기보다는 해를 끼치는 경우로 나타나기 쉽다는 것이다.

열등감 콤플렉스가 생기는 원인으로는 ① 신체적으로 어떤 부분이 열등한 경우 ② 응석받이로 자란 경우 ③ 미움을 받으면서 자란 경우 등을 지적하고 있다. 열등 콤플렉스를 가진 사람의 성격적 특징은 지나치게 권위주의적이고, 질투나 경쟁의식이 강하고 남을 믿지 않고, 자기중심적인 면이 강하다고 한다.

우월감과 욕구가 지나치게 강하기 때문에 우월하다는 점을 보이려고 지나치게 힘을 쏟는 경향도 나타난다는 것이다.

신체적인 열등감만이 아니라 '머리가 나쁘다, 재산이 없다, 애인이 없다.'는 등 열등감은 누구에게나 있을 수 있지만, 열등한 점을 열등 콤플렉스로 악화시키지 않고 그것을 극복해서 위대한 업적을 남긴 사람도 얼마든지 있다는 점을 상기할 필요가 있다.

*작은 과실을 책망하지 말고, 비밀을 파헤치지 말며, 상처는 잊어버려 주어라. 〈채근담〉

위기를 극복한 용기

4만 6천 톤의 거대한 유람선 타이타닉호가 빙산에 부딪혀 침몰되던 때의 이야기이다. 배에 타고 있던 사람은 2천 2백 명이었지만 16척의 구명보트로는 5분의 1밖에 태울 수 없었다. 우선 아이들과 여자들을 태웠다. 공포와 불안 속에서 서로 살겠다고 밀고 당기고, 어떤 사람은 물에 빠져 죽기도 해서 그야말로 아비규환을 이루었다.

이때 어디선가 한 여성의 노랫소리가 들려왔다. 한 곡을 끝내더니 큰소리로 외쳤다.

"여러분, 침착하게 행동하고 다 함께 노래를 부릅시다."

또 한 곡을 부르고 나서,

"지금 구조선이 오고 있습니다. 세 시간 후면 날이

밝습니다. 모두 자리에 앉아서 힘차게 노래를 부릅시다."

누구나 아는 민요를 다시 부르기 시작하자, 유람선 전체의 합창이 되었다. 그렇게 4시간 동안을 보내자, 구조선이 왔다. 이때 구조된 사람들은 675명이었다. 그 젊은 여성이 누구인지 이름이 무엇인지 아무도 모른다. 그러나 그 침착성과 용기는 모든 사람의 가슴에 남았다.

*인간은 운명에 몸을 맡길 수는 있지만, 항거할 수는 없다. 〈마키아 벨리〉

열심히

어떤 일을 몸과 마음을 다해서 할 때, 우리는 '열심熱心히'라는 말을 사용한다. 그런데 일본 사람들은 이 '열심히'란 말을 '잇쇼켄메이一生懸命'라고 한다.

한자의 뜻을 풀이해 보면, '한곳에 생명을 건다.'는 뜻이 된다. 어떤 때는 발음이 같기 때문에, '일생현명一生懸命'이라고 쓰기도 하지만, 일생에 생명을 건다는 뜻이 되는 것이다.

우리의 열심은 '뜨거운熱 마음心'인데 비해서 일본인들은 "생명을 건다"고 하니까, 정도의 차이가 이만저만이 아니다.

일본인들이라고 해서 무슨 일에서건 생명을 걸 정도로

열심히 하는 것은 아니겠지만, 말뜻에서 보면 하늘과 땅의 차이가 있다.

우리 한국인은 대부분이 일본을 싫어하고 배척하려는 마음이 강해서 그들로부터 배우는 것조차 싫어한다.

한때, '일본을 뛰어넘자.'고 해서 극일克日운동을 벌인 일도 있었고, 지금도 마땅히 뛰어넘어야 할 상대인 것만 틀림이 없다.

그러나 손자병법孫子兵法에도 있듯이 적을 알지 않으면 이길 수 없다. 그들의 '이쇼켄메이'이 정신이 가진 철저성과 근면성을 뛰어넘기 위해서는 그들 이상으로 우리도 노력해야 할 것이다.

***경험으로 체득한 지혜는 결코 잊혀지지 않는 법이다.** 〈피타고라스〉

부자가 되는 법

돈에 대한 욕심을 버리고 돈이 나를 사랑하도록 만든다.

1. 마음의 그릇을 키운다. 그래야만 많은 것을 담을 수 있다.

2. 어떤 일이든지 정성을 다한다. 그러면 하늘도 감동한다.

3. 한 시간 일찍 일어난다. 부지런함이 성공의 절반은 만든다.

4.10% 더 일을 한다. 100% 수확이 기다린다.

5. 작은 수입에도 감사한다. 작은 미끼가 대어를 낚는다.

6. 가난을 탓해서는 안 된다. 부자가 될 이유만을 찾는다.

7. 돈의 마음을 읽어라. 그러면 세상의 돈이 나를 따른다.

8. 돈에 끌려다녀서는 안 된다. 돈을 끌고다녀야 한다.

9. 돈을 만나려면 일을 사랑해야 한다. 돈은 일을 즐기는 사람을 사랑한다.

10. 돈에도 영혼이 깃들어 있다. 경건한 마음으로 돈을 대해야 한다.

*돈이 없어도 젊을 수는 있다. 그러나 돈이 없다면 결코 늙을 수 없다. 〈테네시 윌리엄스〉

성공의 비결

미국의 세계적인 재벌 카네기가 어느 날 기자로부터 다음과 같은 질문을 받았다.

"맨주먹으로 재벌이 되기 위해서는 어떤 자격이 필요합니까?"

이에 대해 카네기는 서슴없이 대답했다.

"그 자격이란 가난한 집에서 태어나는 일이다. 세상에 태어날 때부터 호화스러운 자라면 부호가 될 자격이 없다. 가난에 쪼들려 죽느냐 사느냐의 지경에 빠짐으로써 가정의 안락과 평화가 깨어지고 식구들마저 뿔뿔이 흩어지지 않으면 안 될 정도로 가난의 쓰라림을 맛보아야 한다. 그래서 그 원수 같은 가난과 싸워 이길 결심을 해야 한다.

그리하여 그 결심을 관철하지 않으면 죽을 수밖에 없는 처지에 놓여야 비로소 온 힘을 다해 노력하게 된다."

이렇게 말하는 카네기는 어렸을 때의 집안을 회상했다. 그의 집은 말할 수 없이 가난했다. 어린 그는 고생하는 양친을 바라보며 마음속으로 다짐했다.

"뼈가 가루가 되는 한이 있더라도 힘껏 일해 우리 집에서 가난을 영원히 쫓아 버리겠다."

결국 그는 이를 실천해 세계의 재벌이 되었다.

*운명이 레몬을 주었다면, 그것으로 레몬 주스를 만들려고 노력하라. 〈카네기〉

일의 즐거움

직장은 일을 하는 곳이다.

'일'을 한자로 쓰면 노동勞動이라는 단어가 된다. 노동의 '노'라는 한자에는 '피곤하다', '힘을 쓰다'의 뜻이 있어서 노동은 곧, '피곤하게 움직인다.', '힘을 쓰며 움직인다'라는 말이 되기도 한다. 말뜻 그대로만 보면, 어둡고 싫은 면만 생각하기 쉽다.

그러나 마음가짐 여하에 따라서 일은 즐거움의 원천으로 만들 수 있다. 마지못해서 적당히 일하고 급료만 많이 받으려는 불순한 노동에는 피로나 사고가 많다는 통계도 나와 있다.

그러나 일의 의의를 알고 자신의 의지로서 일하고

노력 속에서 일의 보람과 생의 보람을 찾으려는 사람도 얼마든지 있다는 것을 확인할 수 있다. 다음의 '인간다운 인간'이란 시를 음미해 보라.

마지 못해 일하는 사람
그는 소나 말과 무엇이 다른가.
지시받은 일만 하는 사람
그는 죄수와 무엇이 다른가.
스스로 생각하고 일하는 사람
그는 인간다운 사람이다.
오늘 살아있는 은혜에 감사하며
가만히 앉아 있을 수 없는 마음의 화산이
일의 모습으로 분출되는 사람
그가 모든 사람 중에 으뜸이 되는 사람이다.

*나무 위에 올라가서 물고기를 잡으려 한다. 즉 수단 방법이 잘못되어서는 목적을 달성할 수 없음을 비유한 말이다. 〈맹자〉

성공한 사람의 조건

성공하기 위해서는 많은 것을 알아야 한다. 그래서 성공한 사람들은 열심히 배우려고 노력한다. 특히 삶의 본질에 대해서 자신의 잠재력이 어떻게 삶에 공헌할 수 있는가에 대해서, 어떻게 실천할 것인가를 모색한다.

'성실해야 한다.'

이 말은 성공의 절대적인 조건이다. 여기서 성실해야 한다는 말은 타인에게보다 자신에게 더 강조한다. 성공한 사람은 노력을 아끼지 않는다. 적극적인 자기 인식은 정직함을 의미한다. 또한, 자신의 잠재력에 대해서 성실하게 정상에 도달하기 위한 시간과 노력에 정직하다.

성공한 사람은 이 세상에 절대적인 존재는 없다는

확신감을 가지고 있다. 어떤 상황에 놓이더라도 넓은 시야를 가지고 균형 있는 안목으로 사물을 바라본다. 좋은 방법이 떠오르기 때문이다.

성공한 사람은 주위 상황을 정확히 파악하고 판단하며 자신이 할 수 있는 일을 최선의 방법으로 신속히 처리하는 사람이다. 그러기 위해서는 자신의 특성을 깨닫고 인식하는 능력이 중요한 포인트가 된다.

*하나의 작은 꽃을 피우는데도 오랜 세월의 노력이 필요하다. 〈윌리엄 블레이크〉

성공하려면 두려움에서 벗어나라

두려움은 한마디로 악마의 선물이다. 인간을 고통 속에서 더욱 좌절하게 만들고 절망의 고통을 가져다주는 것이 두려움이다.

성경에도 '두려움'이란 단어가 365회나 나온다. 살인이나 도적질하지 말라는 말보다 더 많다. 두려움이야말로 인간이 하루 한순간도 피할 수 없는 생명의 어두운 그림자이다. 그러므로 두려움의 끝은 패배와 절망이다.

그러나 삶의 목표가 분명한 사람은 어떠한 역경에 놓이더라도 두려움에 떨고만 있지 않는다. 그럴 여유가 없기 때문이다. 다만 어떻게 극복할 것인가에

전심전력하고 있을 뿐이다. 고통과 핍박이 없으면 기쁨을 맛볼 수 없다.

두려움은 성공과 신화 창조의 최대 장애물이다. 그러므로 두려움에서 벗어나려면 우선 그 대상이 무엇인가를 정확히 알아야 한다.

도대체 무엇 때문에 두려워하는가? 그 원인을 알면 대책을 세울 수 있다. 세상의 모든 문제는 해답이 있기 마련이다. 성공하려면 두려움에서 벗어나라. 두려움을 기회로 삼는 지혜를 키우자.

*큰 배는 깊은 바다를 원한다. 〈C. 허버트〉

승자와 패자의 차이

승자가 즐겨 쓰는 말은 '다시 한번 해 보자'이고, 패자가 자주 쓰는 말은 '해 봐야 별 수 없다.'이다.

승자는 용감한 죄인이 되고 패자는 비겁한 요행을 믿는 기회주의자가 된다.

승자는 새벽을 깨우고, 패자는 새벽을 기다린다.

승자는 일곱 번 쓰러져도 여덟 번 일어서고, 패자는 쓰러지면 일곱 번을 낱낱이 후회한다.

승자는 달려가며 계산하고, 패자는 출발도 하기 전에 계산부터 한다.

*입은 사람을 상하게 하는 도끼와 같고, 말은 혀를 베는 칼과 같다. 〈명심보감〉

실패의 원인

어떤 종류의 실패이건 한번도 실패를 하지 않은 사람은 없다. 또한 대부분의 사람은 어떤 형태로든 실패를 극복하고 훌륭히 재기하여 멋진 인생을 보내고 있는 것이 우리의 삶이다.

가능하다면, 한번도 실수를 하지 않고 승승장구하기를 바라는 것이 인지상정人之常情일 것이다.

그러나 예기치 않은 실패를 맞게 되는 경우도 있고 사전 준비가 부족하거나 인간적인 결점 때문에 실패하는 경우도 있을 것이다.

① 자기의 장점과 결점을 잘 모른 경우

자기를 과대평가하거나 자만심이 강해서 자기가 하면

무조건 성공할 것으로 착각하는 것. 성격적으로 적극성이 부족한데도 적극성이 필요한 일에 도전하는 것도 한 예이다.

② 현실 감각의 부족

세상의 흐름을 읽지 못한 경우와 현실 세계는 냉혹한 경제 원칙에 의해 지배된다는 점을 간과한 경우, 세상을 자기편으로 생각하다가 자신의 삶을 놓치는 경우도 많다는 점을 염두해 두어야 한다.

③ 실패의 위험에 대한 대비책 부족

사전 준비가 부족하거나 부주의로 인해서 실패를 했을 때 재빨리 대처할 수 있는 인적, 물적 대비책을 갖추지 못한 경우에는 회복 불능의 실패로 끝난다.

성공자와 실패자는 마음가짐에서부터 큰 차이가 난다는 점은 '공격이 최상의 수비'라는 말도 있듯이 소극적, 도피적 자세에서 적극적, 긍정적으로 변신해 가는 것도 실패를 피하는 한 방법이라는 점을 항상 염두에 두어야 하겠다.

*모든 지혜는 두 단어로 함축될 수 있다. 바로 기다림과 희망이다. 〈알렉산더 뒤마〉

실패의 극복

일반적으로 직장인이 실패하는 경우는 크게 나누어 두 가지로 생각할 수 있을 것이다.

그 첫째는 일이기 때문에 경험이나 지식이 부족해서 생기는 실패이고, 다른 하나는 너무 익숙한 나머지 대수롭지 않게 여기는 경우다.

앞의 경우는 이미 알고 있는 사람에게 물어보거나 스스로 공부를 하지 않은 것이 원인이고 뒤의 경우는 '눈을 감고도 할 수 있다.'고 하는 건방진 자만심이 원인이다.

어떤 일에 실패했을 경우에 그 실패를 거울삼기 위해서는 충분히 원인을 반성하고 새로운 방법을 적극적으로 검토해 볼 필요가 있다. 중요한 것은 같은 실패를 두 번 다시 반복하지 않는 것이기 때문에 좌절하지 말고, 심기일전하여 "자, 다시 하자."라는 자세로 임해야 성공의 길을 열 수 있다.

그렇게 함으로써 같은 실패를 반복하지 않을 뿐만 아니라 자신의 약점을 개선함과 동시에 더욱 강한 인간으로 성장해 갈 수 있다.

실패는 자기의 결점을 알게 해주고 어떠한 방향으로 노력해야 좋은지를 가르쳐 주는 절호의 찬스라고 생각해야 하겠다.

*고귀한 실패는 때로 뛰어난 성공 못지않게 세상에 도움이 된다. 〈도우덴〉

걷는 자만이 앞으로 나갈 수 있다

처음 시작하는 일에는 실패가 따르기 쉽다. 그렇다고 실패를 두려워해서는 아무런 일도 할 수 없다.

아기가 기기 시작하면 서기를 바라고, 서면 걷기 바라는 것이 부모의 마음이다. 몇 번씩 넘어지면서 걷는 방법을 배우고 드디어 뛰는 모습을 보면 감동을 느낀다.

'인간은 이렇게 성장하는 것이로구나.'하는 소박한 진리를 어린애를 통해 깨닫게 된다.

영국의 소설가 올리버 골든 스미스는 이렇게 말했다.

"가장 영광된 삶은 한번도 실패하지 않는 일이 아니라 넘어질 때마다 다시 일어선다는 신념이다."

일곱 번 넘어졌다가도 여덟 번 일어나는 오뚝이처럼

되어야 인간은 굳세지고 불굴의 성공인이 될 수 있다는 것이다.

그런데 실패의 원인 가운데 대부분은 자만심, 교만함, 태만, 유비무환의 결여, 자신을 견제하지 못하는 데 있다.

그러나 실패를 했더라고 바로 일어설 수 있는 의지와 용기를 성공의 디딤돌로 삼는 지혜가 필요하다.

*인생이란 머무는 일이 없는 변화이다. 〈톨스토이〉

진정한 용기

독일의 유명한 정치가 비스마르크는 철혈재상이라 할 별명만큼이나 독일 부흥에 큰 공을 세운 인물이다.

철혈이란 쇠와 피 즉, 무기와 병사를 뜻하지만, “오늘날의 독일은 다수결로 개선할 수 없다. 오직 쇠와 피로 해야 한다.”는 유명한 말을 남겼다.

이 비스마르크가 정치 초년생이었을 때, 왕이 내린 중요한 임무를 그 자리에서 받아들이자, “이런 일을 거침없이 받아들이다니 용기가 있군.” 하고 프리드리히 대왕이 말했다.

그러자 비스마르크가 대답했다.

“폐하께서 명령을 내리실 용기가 있으시면, 저에게는

복종할 용기가 있사옵니다."

윈스턴 처칠도 말했다.

"돈을 잃는 것은 적게 잃은 것이다. 그러나 명예를 잃는 것은 크게 잃은 것이다. 더더욱 용기를 잃는 것은 전부를 다 잃은 것이나 다름없다."

이렇듯 역사를 만든 사람들에게는 남과는 다른 강한 용기와 열의가 있었음을 알 수 있다.

*운명이 카드를 섞고 우리가 승부한다. 〈쇼펜하우어〉

내일이 없다면

"내일, 세계의 종말이 온다고 해도 나는 오늘 사과나무를 심겠다."고 한 스피노자의 말은 너무나 유명하지만, 내일이 아니라, 만일 오늘 세계의 종말이 온다고 하면, 우리는 지금 무엇을 해야 할까.

친구들과 술이나 실컷 마시겠다. 있는 돈을 전부 쇼핑하는 데 쓰겠다. 식구들과 맛있는 음식을 배불리 먹겠다. 애인을 만나겠다. 자선 사업을 하겠다. 기도를 하겠다. 마지막으로 효도를 하겠다….

이 정도의 희망은 고사하고 너무 막막해서 정신 이상이 되는 사람도 있을지 모르겠다. 흔히들 내일이면 어떻게 되겠지 하는 막연한 생각을 하면서 뒤로 미루는 일이 많다.

내일이 없다고 생각하고 보면 뜻 있는 일을 하겠다는 사람과 과소비와 퇴폐적인 일을 하겠다는 사람으로 나뉠 것이다.

그리고 하고 싶었던 일을 어제까지 마치지 못한 사람은 통한의 눈물을 흘릴지도 모른다.

그래서 클리라는 사람은 이런 말을 했다.

"내일은 어떻게 되겠지…… 하는 생각은 바보짓이다. 오늘조차도 너무 늦은 것이다. 어제까지 일을 끝낸 사람이 현명한 것이다."

*물이 흐르면 자연스럽게 도랑이 생긴다. 〈주자〉 학문을 깊이 닦으면 도가 이루어진다는 말.

돈으로 살 수 없는 것들

- 침대는 살 수 있지만, 숙면은 살 수 없다.
- 책은 살 수 있지만, 지혜는 살 수 없다.
- 음식은 살 수 있지만, 식욕은 살 수 없다.
- 보석은 살 수 있지만, 아름다움은 살 수 없다.
- 선물은 살 수 있지만, 마음은 살 수 없다.
- 집은 살 수 있지만, 가정은 살 수 없다.
- 약은 살 수 있지만, 건강은 살 수 없다.
- 사치품은 살 수 있지만, 교양은 살 수 없다.
- 불상은 살 수 있지만, 부처님은 살 수 없다.
- 교회는 살 수 있지만, 천국은 살 수 없다.

*술잔과 입술 사이에는 많은 실수가 있다. 〈팔라다스〉

거미식, 꿀벌식

거미는 그물을 쳐 놓고 먹이가 걸리면 잡아먹는다. 그래서 길목이 중요하다. 만일 먹이가 걸리지 않으면 다른 곳으로 옮겨서 집을 지어야 한다.

꿀벌은 여러 곳을 돌아다니며 먹이를 모은다. 판매 용어로 말하면, 거미는 '끌어들이기식(Pull방식)'이고, 꿀벌은 '밀어붙이기식(Push)'이라고 할 수 있다.

상품이 특수하거나 입지 조건이 좋으면, 거미처럼 가만히 앉아서 오는 손님을 기다리면 된다. 그러나 그처럼 행복한 경우가 여의치 않은 것이 인생살이다. 또 손님이 적다고 해서 쉽사리 점포나 업체를 옮길 수도 없다.

꿀벌은 먹이를 찾아서 이 꽃에서 저 꽃으로 분주히

찾아다니며 꿀 1리터를 모으려면 약 4천만 번이나 날아다녀야 한다. 그러다가 어떤 때는 거미집에 걸려서 먹이가 되기도 하지만 꿀벌은 불경기 탓을 하지 않고 꽃을 찾아다니는 것이다.

거미가 소극적이라면 꿀벌은 적극적이라는 데에 큰 차이가 있다. 그러면 우리는 어느 쪽을 택해야 현명한 삶을 꾸려갈 수 있을까.

*잠들어 있는 거인보다 일하고 있는 난쟁이가 낫다. 〈셰익스피어〉

공직자의 생활 철학

우리의 선조들은 '사불삼거四不三据'라는 불문율을 지킴으로서 청렴을 생활신조로 하여 공직자의 임무를 수행하였다.

4불四不

- 부업을 가져서는 안 된다.
- 재임 중에 땅을 사면 안 된다.
- 집을 늘려서는 안 된다.
- 재임 중에 명품을 탐하면 안 된다.

3거三据

- 윗사람이나 권력가의 부당한 요구를 거절한다.
- 청탁을 들어준 답례를 거절한다.
- 경조 · 애사의 부조를 받지 않는다.

*채식을 하고 물을 마시며 팔을 베고 눕는 생활에도 즐거움은 있다. 〈공자〉

벽돌 한 장

토머스 칼라일은 수천 페이지에 달하는 『프랑스 혁명사』의 원고를 탈고한 후 이웃에 사는 존 스튜어트 밀에게 읽어보라고 넘겨주었다. 그런데 며칠이 지난 후 창백한 얼굴을 한 스튜어트 밀이 칼라일을 찾아왔다. 그의 하녀가 그 원고를 난롯불을 지피기 위해 태워버렸음을 알자, 칼라일은 제정신이 아니었다. 2년 동안이나 심혈을 기울인 결과가 그만 재가 된 것이다.

그러던 어느 날, 한 석공이 작은 벽돌을 하나하나 쌓아 높고 긴 벽을 만드는 것을 본 순간, 그의 마음에는 새로운 용기와 결심을 하기에 이르렀다.

"나는 오늘부터 하루에 꼭 한 페이지만 쓸 것이다.

예전에도 한 페이지부터 시작하지 않았던가!"

그는 그 즉시 다시 써나가기 시작했고 없어진 처음 원고보다 더 잘 쓰기 위해 아주 천천히 진행해서 먼저보다 훌륭하게 쓸 수 있었다.

지금 곧 우리 인생에 벽돌 한 장을 놓는 것, 그것은 새로운 시작이자, 도전이다.

*각각의 사람은 타인 속에 자기를 비추는 거울을 갖고 있다. 〈쇼펜하우어〉

하루 15분

하루에 15분씩만 책을 읽어도 일 년에 스무 권이나 읽게 된다는 계산이 나온다.

하루에 15분만 책을 읽어도 적지 않은 독서량이 되지만, 하루에 두 시간씩 규칙적으로 독서를 해서 아주 훌륭하게 된 사람도 있다.

모택동도 때와 장소를 가리지 않을 정도로 유명한 독서가였지만, 미국 상원의원 중에 학교 공부는 별로 못 했으면서도 모르는 것이 없을 정도로 유식하고, 판단이 정확해서 어떤 젊은이가 도대체 그 비결이 무엇이냐고 물었다.

그러자 상원의원은,

"나는 열여덟 살 때부터 하루에 두 시간씩 독서를 하기로 결심했지. 차를 탈 때나, 누구를 기다릴 때나 심지어 여행 중에도 닥치는 대로 읽었다네. 신문이나 잡지는 물론이고 명작 소설, 시도 읽었고, 성경도 읽었고, 정치 평론도 읽었지. 그렇게 했더니 자연히 모든 걸 알게 되더군…. 젊은이, 자네도 해 보게. 틀림없이 유식한 인물이 될 테니까."

이렇게 말했다고 한다.

알맞은 시간을 정해서 하루에, 단 얼마라도 읽는 습관을 갖는 것도 좋은 독서 방법이 아닐까. 독서만이 아니라, 어떤 일이든 계속해서 연마하면 남보다 앞선 경지에 도달할 수 있다.

*옥은 갈지 않으면 그릇이 될 수 없고, 사람은 배우지 않으면 도를 알 수 없다.
〈예기〉

하루가 모이면

'티끌 모아 태산'이라는 속담은 재물을 비롯한 물질적인 것만이 아니라 생활 습관에 대해서도 말할 수 있을 것이다.

그래서 하루하루의 좋은 행동이 모이면 좋은 습관이 되고, 좋은 습관은 성공적인 인생을 만든다.

'매일의 행위가 운명을 만든다'는 말도 있지만,

매일 조깅을 해서 건강을 유지하는 것도 좋은 예이고, 매일 조금씩 외국어를 공부해서 유창하게 회화를 할 수 있게 되는 것도 마찬가지다.

이처럼 우리의 사회생활에는 작은 듯 보이면서도 조금씩 쌓여서 큰 업적이 되는 것이 많음을 엿볼 수 있다.

우리가 행하는 하루하루의 아침 조회도 귀찮다거나

하찮은 일로 생각하는 사람이 있을지 모르겠지만 조깅이나 외국어 공부에 못하지 않게 하루를 뜻있게 시작케하는 귀중한 시간이다.

'구르는 돌은 이끼가 끼지 않고 흐르는 물이 썩지 않는다'고 했다. 꾸준히 계속해서 반복하면 자신감이 붙고 힘이 솟는다. 꾸준히 운동을 하면 근육이 붙고 기량이 느는 것처럼 말이다.

*사계절이 돌고 도는 것과 같이 공을 이루면 떠나야 되는 법이다. 〈사기〉

작은 구멍

'작은 비용이라도 줄여라. 물이 새는 작은 구멍이 거대한 배를 침몰시킨다.'(프랭클린)

누구나 낭비라는 말은 싫어한다. 그러나 자기도 모르게 낭비를 하는 경우가 많다. 어떤 사람은 낭비나 과소비라는 것을 알면서도 습관적으로 돈을 함부로 쓰는 사람이 있다.

어떤 때는 무심코 돈을 쓰고 보면 낭비라는 것을 깨닫고 후회하는 경우도 있다. '벌기는 어렵고, 쓰기는 쉽다'는 말도 있듯이 자칫 방심하면 낭비가 된다.

개인이건, 직장이건, 국가이건 결과는 마찬가지다. 작은 낭비가 모여서 큰 손실이 된다는 것을 잊어서는 안 된다. 그러나 여기서 말하고자 하는 뜻은 작은 구멍이란 비용의 문제에만 국한되는 것은 아니라는 사실이다.

한비자韓非子는 '천장千丈의 제방도 개미구멍 하나로 무너진다.'고 해서 무슨 일에서건, 아무리 작은 일이라도 소홀히 해서는 안 된다는 것을 강조했다. 누구나 큰 구멍은 겁을 내고 무리를 해서라도 막으려고 할 것이다.

유비무환有備無患이라는 말은 미리 준비를 하고 대비를 하면 훗날의 화근이 없어진다는 뜻을 되새겨 볼 일이다.

***인간의 말은 그의 인생과 같다.** 〈소크라테스〉

지금 곧 말하라

동양 사람들은 감정 표현이 약한 편이다. 이심전심以心傳心이라든지, 무소식이 희소식이라는 식으로 표현을 하지 않아도 알아들어야 한다고 생각하는 편이다.

다음의 시 '지금 곧 말하라'는 무명 시인의 시이지만, 느끼는 바가 많다.

따뜻한 말 한마디
고백하고픈 사랑의 말 한마디
잊어버릴 때까지 기다리지 말라.
오늘 곧 속삭이라.

말하지 못한 따뜻한 말 한마디
부치지 않은 편지
오랫동안 잊고 있었던 소식
다하지 못한 사랑

이것들이 많은 가슴을 찢어지게 하고
이것들이 사랑하는 사람들을 기다리게 한다.
어서 그들에게 주라. 필요로 하는 이들에게
너무 늦어버리기 전에.

*말할 때는 행동할 것을 고려하고 행동할 때는 한 말을 상기한다. 〈중용〉

한 번쯤은 위를 보며 걷자

두 어깨를 활짝 펴고 고개를 높이 쳐들어라. 하루에 한번쯤은 위를 보며 걷자. 그러면 한 그루의 나무나 최소한 눈높이만큼의 푸른 하늘을 어디에서나 볼 수 있으리라. 그렇다고 푸른 하늘만을 염원할 필요는 없다. 어떤 방법으로도 우리는 밝은 태양의 빛을 자유로이 향유할 수 있지 않겠는가.

매일 아침 한순간만이라도 하늘을 올려다보는 일상의 습관을 갖도록 하라. 그러면 당신은 신선한 대기를 마음껏 호흡할 수 있는 만족감을 느낄 것이다.

이러한 마음가짐으로 하루를 맞이하고 보내게 될 때, 당신은 그 나름대로의 모습으로 자기만의 특별한 광채를 지니고 있다는 사실을 깨닫게 될 것이다.

사소한 것을 소유함으로써 즐거움을 얻을 수 있다는 겸손한 생각은 삶의 지평을 여는 한순간의 행복이다.

당신의 삶이란 갈채 없는 무대에서 무엇을 연출해야 할 것인가를 잠시 망설여보는 하루를 마감하는 시간의 표정과 같다.

***사람들이 바쁘게 사는 이유는 생각을 하지 않기 위해서이다.** 〈파스칼〉

희망은 인내의 꽃

요즘 우리나라 젊은이들은 너무나 어둡고 음울한 시간을 보내고 있다. 그들의 벅찬 희망에 가슴을 부풀리며 마음껏 일할 수 있는 직장이 그리 많지 않은 것이 현실이다. 그러나 상기해 보라. 어느 시대에도 그 나름대로의 어려움은 있었다. 성공한 사람들 역시 가정의 고민, 건강상의 고민, 직업이 주는 어려움, 그 밖에 여러 가지 불면의 밤에 봉착해서 실패하고 패배하는 아픔도 겪어야 했으며, 그 고뇌의 밑바닥에서 자기 자신을 강하게 단련시키고 이겨냈음을 우리는 알고 있다.

우리 인간을 아름답고 깊이 있는 인격자로 육성하는 데는 시련밖에 없다. 따라서 주위 환경이 나쁘고 나라의

경제와 정치가 잘못되었다고 비난만 할 것이 아니라,
스스로 나쁜 환경 속으로 용감하게 뛰어들어 어디가
어떻게 잘못된 것인가를 파악해서 그 장애물을 제거하고
다시 시작하는 단계까지 끈기 있게 매달리는 성실성과
노력을 가질 때 사회나 나라의 희망이 보인다.

*자기 신뢰는 으뜸가는 성공의 비결이다. 〈에머슨〉

희망의 배달인

"우유를 배달하는 사람이 우유를 마시는 사람보다 건강하다"는 서양 속담이 있다.

배달하는 행동이 건강에 도움이 된다는 뜻도 있지만, 주는 사람이 받는 사람보다 행복하다는 뜻도 된다.

안마사는 남에게 안마를 해주는 것이 직업이지만, 돈도 벌고 건강을 지키는 데에도 큰 도움이 된다고 한다. 안마를 하는 행동이 운동이 되기 때문이다.

어떤 안마사가

"타인의 건강(행복)에도 봉사하고 자기의 건강(행복)에도 도움이 되므로 일을 하면서도 즐거움을 느낀다."

고 말한 적이 있었다고 한다.

싫은 일, 창피한 직업이라고 생각하는 사람보다 자기 일에서 보람을 찾고 뜻을 찾고 기쁨을 찾는 사람은 일에서 보람을 찾는 사람이다.

일을 하면서 불평불만에 찬 사람은 불행한 사람이다. 우리가 지금 하는 어떤 행동이 남에게 도움이 되면서 나에게도 도움이 되는 면이 있을 것이므로 그동안의 결과가 세상에 기여하고 나에게도 도움이 된다고 생각하면 분명 즐거운 삶이 될 것이다.

*음식물을 보기 좋게 차려서 눈의 즐거움만 줄뿐 맛이 있고 없음은 묻지 않으며, 옷을 보기 좋게 차려입고 남들이 칭찬하는 말을 들어 귀를 즐겁게 하고 몸에 맞지 않음은 듣지 않는다. 〈사마광〉

행복의 발견

역사가이며 철학자인 윌 듀랜트는 행복을 찾아보기로 마음먹었다. 열심히 배우고 연구를 했지만, 지식만으로는 행복해지지 않았다. 그래서 여행을 떠나 보았으나 더 지루한 시간의 흐름을 맛보아야 했다. 한편으로는 재산을 모아보려고 하였으나 근심, 걱정, 불화에 시달려야 했다. 책을 쓰면서 내면생활에 충실하려고 노력하였으나 피로만 쌓였다.

그런 어느 날, 역 앞 광장을 지나다가 낡은 자동차 안에서 잠든 아기를 가슴에 안고 있는 젊은 부인을 보았다.

조금 후 기차에서 내린 한 남자가 황급히 다가오더니 부인과 아이에게 가볍게 입맞춤을 하고는 차를 몰고 사라지는 것이었다.

그때 윌 듀랜트는 갑자기 깨달은 것이 있었다. 방금 자기가 본 그 장면이 바로 행복이었다는 것을!

*때로 당신은 한 송이의 장미꽃을 보고 행복감을 느낀다. 당신의 행복이 그 장미꽃에 의해서 생겨난다. 심리학자들은 당신이 행복하면 장미 역시 행복을 느낀다는 사실을 증명할 수 있었다. 그 장미는 당신에게 의존한다. 그 꽃은 당신이 오기를 기다리고 있었는지도 모른다. 만일 당신이 찾아주지 않으면 연인처럼 슬퍼할 것이다. 왜 그럴까. 좋아하는 사람이 장미 나무 곁으로 오면 기뻐한다는 것이 증명되고 있다. 그래서 장비는 보통 때보다 더 크고 아름다운 꽃을 피우지 않고는 견딜 수가 없는 것이다. 〈라즈니쉬 명상록〉

행복의 조건

아주 먼 옛날 영국의 시골 데이 강에 작은 물방앗간이 그림처럼 수풀 속에 자리 잡고 있었는데, 이 물방앗간 주인은 세상에서 가장 행복한 사람으로 소문이 나 있었다. 그래서 사람들은 '행복한 물방앗간'이라는 별명을 붙여주었다.

이 행복한 사람의 소문을 듣고 국왕이 만나러 오기에 이르렀다.

"그대가 매일 그토록 행복한 이유가 무엇인가?"

"저는 극진히 아내를 사랑합니다. 또 아이를 사랑합니다. 친구들을 사랑합니다. 물론 아내도 저를 사랑합니다. 아이들도 친구들도 저를 사랑합니다.

지금까지 살면서 빚은 한 푼도 없습니다. 오로지 그렇게 사는 것이 행복할 뿐입니다."

이에 왕은 감탄하여 말했다.

"정말 부러운 일이로다. 내 머리 위의 황금 왕관보다 그대의 먼지 투성이 모자가 더 빛나 보이는군."

*탐욕하지 않는 것, 그것이 나의 보물이다. 〈좌전〉

4 — 자신의 빛

행복에 이르는 길

인내력을 기르고 항상 말을 따뜻하고 부드럽게 하는 것, 선행을 하는 사람들을 두루 만나며 알맞을 때에 진리의 말에 귀를 기울이는 것, 이것이 행복에 이르는 길이다. 세상살이에 뒤섞일 때에도 결코 마음이 흔들리지 않고 슬픔과 더러움으로부터 벗어나서 안정되는 것, 이것이 행복에 이르는 길이다.

이렇게 꿋꿋이 걸어가는 사람은 그 어떤 고난에도 결코 패배하지 않는다. 또한, 그는 모든 곳에서 편안을 얻게 되니 그 속에, 그 편안함 속에 행복이 있다.

*미래에 대한 최상의 예견은 과거를 돌아보는 것에 있다. 〈존 셔먼〉

최상의 행복

어리석은 사람과 가까이하지 말고 슬기로운 사람과 항상 가까이 지내라. 그런 존경할 만한 사람을 섬겨라. 이것이 최상의 행복이다.

언제나 자신의 분수를 지키며 선행을 쌓아라. 그리고 부모를 효도로 섬기고 아내와 자식을 사랑하고 올바른 생업에 정진하라. 이것이 최상의 행복이다.

다른 사람을 존중하고 스스로 겸손하며, 모든 것에 만족할 줄 알고 반드시 은혜를 생각하며 시간이 있을 때 가르침을 들어라. 이것이 최상의 행복이다.

*최상의 행복은 일 년을 마무리할 때 연초 때의 자신보다 더 나아졌다고 느끼는 것이다. 〈톨스토이〉

행복과 불행의 역사

행복은 기운이 약했지만, 불행은 건강하여 힘이 넘쳤다. 그래서 불행은 행복을 만나면 못살게 굴었다. 이에 행복은 이리저리 피해 다니다가 마침내 하늘로 갈 수밖에 없었다.

하늘에 올라간 행복은 제우스 신에게 사정을 모두 털어놓았다.

제우스 신은 한참을 궁리하다가 묘안을 생각해 냈다.

"행복이 모두 이곳에 몰려 있으면 심술이 고약한 불행한테 괴롭힘을 당하지 않아 좋겠지만, 저 아래 세상 사람들은 행복을 좋아하여 너희들이 오기를 손꼽아 기다리고 있으니 어떻게 하면 좋겠느냐? 그러니 여럿이 한꺼번에 내려가지 말고 행복을 꼭 주어야 할 사람에게만 혼자서 찾아가도록 하여라. 그러면 갈 곳을 찾다가 불행에게 붙들리지 않아서 좋을 것이다."

이러한 연유로 해서 이 세상에 행복은 귀하고 불행은 여기저기에 수시로 모습을 나타내는 역사가 시작되었다 한다.

*서리를 밟으면 곧 얼음이 언다. 사건이 발생할 때에는 반드시 그 전조라고 할 수 있는 작은 사건이 일어난다는 뜻. 〈역경〉

행복한 사람과 불행한 사람의 차이

• 세상에서 가장 행복한 사람은 자기 일을 수행하면서 사명감을 가진 사람이다.

• 세상에서 가장 불행한 사람은 교양이 없는 사람이다.

• 세상에서 가장 외로운 사람은 일거리가 없는 사람이다.

• 세상에서 가장 어리석은 사람은 아무것도 생각하지 않는 사람이다.

• 세상에서 가장 존경스러운 사람은 남을 위해 봉사하고 피해를 주지 않는 사람이다.

• 세상에서 가장 아름다운 사람은 하찮은 일이라도 애정을 가지고 행하는 사람이다.

• 세상에서 가장 불행한 사람은 거짓말과 비겁한 행동을 일삼는 사람이다.

*사람은 조물주가 만든 최고의 걸작이다, 하지만 그런 표현을 하는 것이 바로 인간이다. 〈폴 가바르니〉

불행을 부르는 생각

• 무엇이든 이분법으로 생각한다. '전부가 아니면 전무다.' '좋은 사람이 아니면 나쁜 사람이다.' 하는 융통성이 없는 사고방식.

• 보편적이 아닌 것을 보편적인 일로 생각한다. 한두 번의 실패는 영원히 실패할 것이라고 믿어버린다.

• 편견적인 고집. '나에게는 나쁜 일만 생긴다'는 식으로 실패나 나쁜 일만 상기하는 사고방식

• 좋게 볼 수 있는 일인데도 나쁘게 보는 습관. 안 되는 쪽, 비관적인 면만 본다.

• 잘못된 자기 평가. '나는 원래 그런 놈이다!' 하는 자기 비하에 빠져있다.

• 독단적인 추론. 상대의 마음을 곡해하는 버릇. 남이 자기를 어떻게 생각하는가에 신경을 쓴다.

• 작은 실패에도 절망적으로 생각한다. 주관적으로 받아들이는 시행착오적인 판단.

• 하지 않으면 안 된다는 극단적인 생각. 지나치게 엄한 기준을 정해서 지키려고 한다. 완전주의적인 영향이 크다.

• 무엇이든 자기 탓이라고 생각한다. 남에게 폐만 끼친다고 생각하여 사회와 스스로 격리되는 소극적인 행동에 처한다.

*나에게 필요하고 내가 바라는 모든 것이 내가 청하기도 전에 이미 채워져 있다.
〈루이즈 L. 헤이〉

여섯 가지 잘못

중국 청나라 말기의 금난생이 쓴 『격언연벽格言聯璧』 이란 책에 우리가 범하기 쉬운 '여섯 가지 잘못'을 지적하고 있다.

1. 사치하는 것을 행복이라는 잘못

2. 남을 속이는 것을 머리가 좋다고 생각하는 잘못

3. 탐욕으로 재물을 모으는 것을 수완으로 생각하는 잘못

4. 용기 없음을 안전하게 지키기 위한 것이라고 생각하는 잘못

5. 싸움을 좋아하면서 자기가 용기 있다고 생각하는

잘못

6. 위에 있는 자가 질책만 일삼으면서 위엄있다고 생각하는 잘못

사실 우리는 무엇이 잘못인가를 깨닫지 못하고 살아가는 경우가 많다. 금난생의 지적처럼 자신의 잘못을 깨닫고 인격을 도야하는 밑거름으로 삼으면 세상을 살아가는데 많은 도움이 될 것이다.

***군자는 반드시 혼자 있을 때 근신한다.** 〈대학〉

자신의 빛

여선생님 한 분이 문제아들만 모아 놓은 교실에 들어서면서 보니 한 소년이 뒤쪽 벽에 비스듬히 기댄 채 서 있었다.

선생님은 그 소년을 가리키며 말했다.

"학생 똑똑해 보이는데 얼굴 좀 보게 이쪽 앞자리에 앉아 주겠니?"

학생들이 전부 자리에 앉자, 이렇게 말했다.

"지금부터 내가 무슨 질문을 하든 '제가 너무 똑똑하기 때문입니다'. 하고 대답하도록 하세요."

그리고는 조금 전 그 소년에게 질문을 했습니다.

"내가 이 앞자리에 앉힌 이유가 무어지요?"

"그것은 제가 너무 똑똑하기 때문입니다."

다른 학생을 가리키며 또 다른 질문을 했다.

"그것은 제가 너무 똑똑하기 때문입니다."

수업 시간이 끝나자 너무도 감격한 학생들의 눈에 눈물이 고였다고 한다.

저능아, 불량아, 문제아 취급을 받던 학생들의 마음에 자기 존엄성이라는 불을 지른 것이다.

*큰길에서 듣고 작은 길에서 말한다. 〈논어〉

구름 속에 카페를

윤채천 교수의 「구름카페」라는 수필집에 '구름 카페'라는 제목의 글이 있다. 그 일부를 소개한다.

'나에겐 오랜 꿈이 있다. 여행 중에 어느 지방의 골목길에서 본 적이 있거나 추억어린 영화와 책 속에서 언뜻 스치고 지나간 것도 같은 카페를 하나 갖는 일이다. 구름을 쫓는 몽상가들이 모여들어도 좋고, 구름을 따라 떠도는 역마살 낀 사람들이 잠시 머물다 떠나도 좋다. 구름 낀 가슴으로 찾아들어 차 한 잔에 마음을 씻고, 먹구름뿐인 현실을 잠시 비켜앉아 머리를 식혀도 좋다.

꿈에 부푼 사람은 옆자리의 모르는 이에게 희망을

품어주기도 하고, 꿈을 잃어버린 사람은 그런 사람을 보며 꿈을 되찾을 수 있는 곳, '구름카페'는 상상 속에서 늘 나에게 따뜻한 풍경으로 다가오곤 한다.

넓은 창과 촛불, 길게 드리운 커튼, 고갱의 그림이 원시의 향수를 부르고, 무딘 첼로의 음률이 영혼 깊숙이 파고드는 곳에서 나는 인간의 짙은 향기에 취하고 싶다.…
(중략)

'구름 카페'는 나의 생전에 존재할 수 없는 것이어도 괜찮다. 아니면 숱하게 피었다가 스러지는, 사랑하는 사람들이 곁에 있다면 어디서나 만날 수 있고 느낄 수 있는 행복의 장소인지도 모른다. 구름이 작은 물방울의 결집체이듯 현실에 존재하지 않기에 더 아득하고 아름다운지도 모른다.

그러나 나는 꿈으로 산다. 그리움으로 산다. 가능성으로 산다. 오늘도 나는 '구름 카페'를 그리는 것 같은 미숙한 습성으로 문학의 길을, 생활 속을 천천히 걸어가고 있다.'

*이상은 우리 자신 속에 있다. 동시에 이상이 현실을 저해하는 모든 장애도 또한 우리들 자신 속에 있다. 〈칼라일〉

화려함과 아름다움

정원에는 넝쿨장미와 백일홍이 서로의 아름다움을 뽐내듯 피어있었다. 백일홍은 늘 화려하게 피어있는 넝쿨장미를 부러워했다.

"장미님, 당신은 너무 곱고 아름답습니다. 그 화려한 모습을 보기 위해 많은 사람들이 항상 장미님의 주위에 몰려들고 있으니 무척 행복하시죠!"

그러나 넝쿨장미는 고개를 저었다.

"백일홍님, 그건 오해입니다. 내 겉모습의 화려함은 극히 짧은 시간 동안만 간직할 수 있어요. 나는 오히려 백일 동안이나 아름다움을 자랑하는 당신이 부럽습니다."

이 말에 백일홍은 더욱 자신을 가꾸기 시작했다.

*사랑의 빛이 없는 인생은 가치가 없다. 〈실러〉

갈대의 용기

넓은 평원에는 갈대숲이 이어져 있고 주위에 올리브나무가 이웃하여 모여 있었다. 갈대와 올리브 나무는 태풍이 불어와도 끄떡 안 한다고 싸우듯이 서로 장담을 했다.

생명이 있는 것들은 남을 부러워하는 것보다 자신에 대한 만족감에 젖어 있을 때가 가장 행복한 순간인지도 모른다.

마침내 서로의 장담이 너무 지나쳐서 말다툼까지 벌어졌다.

"갈대의 마음이라더니, 너는 바람이 조금만 불어도 머리를 숙이잖니!"

올리브나무가 빈정거리듯 놀렸다.

갈대는 아무런 대답도 하지 않았다. 다만 조용한 갈대의 모습이 호수에 비칠 뿐이었다.

얼마 후 태풍이 불어왔다. 그러자 갈대는 부드럽게 고개를 숙이고 자세를 낮추어 바람을 피했다.

그러나 올리브나무는 세찬 바람을 피하지 않고 맞서 결국은 뿌리째 뽑혀 버리고 말았다.

*바보의 심장은 웃고 떠드는 입에 있지만 현명한 사람의 입은 그의 심장에 있다.
〈프랭클린〉

꽃길

옛날에는 동네 공동 우물에서 물을 길어다 먹었는데, 그때 한 머슴이 매일 아침마다 물지게를 지고 우물물을 길었다.

머슴이 살고 있는 집과 우물 사이의 거리가 꽤 멀어 한참을 가야 됐다. 그러나 머슴은 하루도 빠짐없이 물지게를 지고 우물과 집을 오가며 물을 길어 날랐다.

그러던 어느 날 물동이에 작은 금이 갔다. 그 틈새로 물이 조금씩 새어 나왔으나 머슴은 물동이에서 물이 새는 것을 아는지 모르는지 하루도 빠짐없이 물을 길어 날랐다.

어느 때부터인지 머슴이 오가는 길 위에 아름다운 작은 꽃들이 피어나기 시작했다. 그러자 얼마 지나지 않아 예쁜 꽃길이 되어 그 길을 오고 가는 사람들은 행복한 마음이 되었다.

어느 날 물동이가 새는 것을 본 주인 대감이 머슴을 불러 물었다.

"네가 사용하고 있는 물동이에서 물이 새는구나. 애써 물을 길어 나르는 데 더 힘이 들겠구나."

그러자 머슴은 밝은 표정으로 말했다.

"대감님! 소인도 물동이에서 물이 샌다는 것을 잘 알고 있습니다. 그래서 길가에 꽃씨를 뿌려 놓았습죠. 길에 예쁜 꽃들이 피어 있는 것을 못 보신 것 같습니다. 제가 금이 간 물동이로 물을 길러 다니면 저절로 조금씩 물을 뿌려주게 되니 예쁜 꽃들이 자랐지요. 그 꽃들을 보고 걷노라면 힘든 줄도 모른답니다."

대감의 얼굴에 행복한 웃음이 피어났다. 이른 아침의 예쁜 길이 떠올랐던 것이다.

*사계절이 돌고 도는 것과 같이 공을 이루면 떠나야 되는 법이다. 〈사기〉

뿌리의 마음

한 정원사가 있었다.

어느 누구도 그 사람처럼 갖가지 종류의 꽃들을 훌륭하게 피워 낼 수 없었다. 그는 세상의 꽃들을 위해 살고 있는 것 같았다.

어느 날 그에게 물어보았다.

"아름답게 꽃을 가꾸는 비결은 뭡니까?"

그가 대답했다.

"다름 아니라 난 뿌리에 더 신경을 씁니다. 그게 비결입니다!"

"무슨 뜻입니까?"

그는 말했다.

"꽃을 계속 잘라내는 일이지요. 난 나뭇가지에 별 목적 없이 피는 꽃 봉우리를 그냥 놔두지 않는다는 말입니다. 만약에 한 나무에 몇십 송이의 꽃이 피면 몇 송이만 남겨놓고 다 잘라 버리지요. 그러한 작업을 거치면 뿌리는 점점 더 건강해집니다. 몇십 송이의 꽃을 한 송이로 모은 것처럼 크고 아름다운 꽃을 피웁니다. 뿌리의 마음이 꽃으로 피어나는 것입니다. 이게 바로 내 비결입니다."

*작은 비용이라도 줄여라. 작은 구멍이 큰 배를 침몰시킨다. 〈프랭클린〉

상처와 영광

수리부엉이 한 마리가 날개에 큰 상처를 입고 신음하고 있었다.

"아아! 난 너무 큰 상처를 입어서 날기는커녕 살지도 못할 거야. 온갖 새들이 모두 나를 비웃는 것만 같아. 너무 암담해."

수리부엉이는 슬픔에 빠져 죽음만을 생각하게 되었다.

이런 수리부엉이에게 새들의 왕 독수리가 날아왔다.

"이봐, 어디가 아픈가?"

독수리가 위엄있게 물었다.

"제 몸에 난 상처를 보면 모르시겠어요. 모두들 나를 깔보고 있어요. 저 바위틈의 들쥐 녀석까지 장난을 쳐요.

정말 죽고 싶어요."

수리부엉이는 다 죽어가는 소리로 대답했다. 그러자 독수리는 자신의 날개를 힘껏 펼치며 목소리를 가다듬었다.

"내 몸을 자세히 보아라. 지금 난 새들의 왕이 되었지만, 너보다 더 많은 상처를 입으며 살아왔다."

정말 독수리의 몸 이곳저곳에는 수많은 상처 자국이 있었다. 다른 독수리로부터 공격받은 상처, 들짐승에게 물린 상처, 사람들의 사냥총에 의한 상처가 여기저기 훈장처럼 나 있었다.

"이렇게 많은 상처를 입으며 왕이 되셨군요."

수리부엉이가 감탄하자, 왕 독수리는 위엄있게 말했다.

"이 세상에 상처가 없는 새는 없다. 그 상처를 딛고 굳건히 일어서야만 자신의 참다운 모습을 발견할 수 있느니라."

***입이 차갑고 말이 따뜻한 자는 오래 산다.** 〈G. 허버트〉

이웃

여름 내내 파랑새 한 마리가 행복한 소리로 아름다운 노래를 불렀다. 앞으로 닥쳐올 추위나 먹을 것에 대한 걱정도 없이 오직 노래만 불러 산속의 모든 동물들을 즐겁게 했다.

그 근방 바위 틈에 들쥐 한 마리가 살고 있었는데, 무척 부지런했다. 노래만 부르는 파랑새와는 달리 들쥐는 오직 온갖 곡식들을 끌어다가 곳간을 채우고 있었다.

여름이 지나고 가을이 끝나자, 어느덧 겨울이 닥쳐왔다. 그동안 노래만 불렀던 파랑새는 먹을 것이 없어 배고픔의 시련을 겪어야 했다. 할 수 없이 파랑새는 여름 동안 부지런히 일한 들쥐를 찾아가 식량을 빌려 달라고 간절히

청했으나 들쥐는 파랑새의 게으름을 탓하며 들은 척도 하지 않았다. 결국 추위와 굶주림에 지친 파랑새는 죽고 말았다. 더 이상 아름다운 노래를 들을 수 없게 되었다.

파랑새의 죽음 따위에는 아무런 관심 없이 들쥐는 먹을 것이 가득한 곳간에서 풍족한 생활에 배를 두드리며 나날을 보냈다. 그러다가 문득 파랑새의 아름다운 노래가 들리지 않고 산속이 매우 적막해졌다는 사실을 깨닫자 들쥐의 마음은 견딜 수 없이 공허해졌다. 전에는 무심코 듣던 파랑새의 아름다운 노래가 견딜 수 없이 그리웠다.

그럴 때마다 들쥐는 밖으로 나와 파랑새가 노래 부르던 숲을 바라보았으나 찬 겨울바람의 고함 소리에 귀가 먹먹할 지경이었다. 이렇듯 허전하고, 너무도 쓸쓸하여 외로움만 깊어갔다. 어떻게든 파랑새의 노랫소리를 다시 듣고 싶었지만, 그건 불가능한 일이었다.

마침내 파랑새의 노랫소리를 듣지 못한 들쥐는 극심한 외로움에 곡식이 가득 쌓인 곳간에서 서서히 죽어갔다.

*돈을 잃는 것은 적게 잃는 것이지만, 명예를 잃는 것은 크게 잃는 것이다. 〈실러〉

느림의 댓가

두 명의 승려가 여행을 하고 있었는데, 배를 타고 강을 건너려 하자, 사공이 어디로 가느냐고 물었다. 그러면서 사공이 덧붙여 말했다.

"만일 이 계곡을 넘어 성으로 가시려거든 천천히 가셔야 합니다."

그러자 늙은 승려가 대꾸했다.

"우리가 천천히 길을 간다면 예정 시간에 도착하지 못할 것이네. 성문은 일몰 직전에 닫으므로 이제 한두 시간밖에 남지 않았는데, 그 먼 거리를 어찌 천천히 갈 수 있겠는가? 늦으면 다시 성문이 열릴 때까지 기다려야 하는데 사나운 동물의 위험을 어떻게 피한다는 말인가? 여하간 우리는 서둘러 가야만 하네.”

노승의 이야기를 다 듣고 난 사공이 말을 이었다.

“좋습니다. 이는 제 경험담입니다만, 천천히 가는 사람만이 무사히 성에 도착할 수 있습니다.”

그러자 젊은 승려는 사공의 말을 듣고 깊이 생각에 빠졌다.

‘나는 이 지방의 지리를 전혀 모르지 않는가? 아마 이 사공의 말에는 무슨 뜻이 있는 게 틀림없다. 그러니 사공의 충고를 듣는 것이 좋겠다.’

그래서 젊은 승려는 천천히 걸어갔다. 그러나 노승은 바삐 서둘러 걸음을 재촉했으나, 그의 등에는 많은 경전이 짊어져 있어 걸음걸이가 힘겨웠다.

이윽고 얼마를 달려가자 노승은 발을 심하게 다쳤다. 성으로 가는 길은 자갈이 많고 험난했기 때문에 그는 극심한 피로와 발의 상처로 얼마 못 가서 쓰러지게 되었다.

반면에 젊은 승려는 무리 없이 성에 다다를 수 있었다. 사공이 걱정이 되어 그들을 찾아갔을 때 얼마 가지 않아 길가에 쓰러져 있는 노승을 발견하여 살펴보니 그의 발바닥에서 피가 흐르고 있었다.

사공이 노승에게 말했다.

"스님, 이런 경우가 생길 것을 말씀드렸습니다. 만일 스님께서 제 말씀을 듣고 천천히 걸으셨다면 곤경을 당하지 않으셨을 것입니다. 이 길은 매우 험하고 자갈이 많아 서둘러 걸으시면 꼭 사고를 당하시게 됩니다. 왜 제 말을 안 들으셨습니까?"

이 이야기는 우리나라 선禪의 일화 중 하나로 인간의 삶에 있어서 서두르지 말고 천천히 그리고 꾸준히 행하라는 교훈을 말해 주고 있다.

*지식인은 지금까지 일어났던 일을 안다. 그러나 천재는 앞으로 일어난 일을 안다.
〈J. 치아디〉

반복의 댓가

어느 겨울 아침, 고슴도치 두 마리가 추위에 떨고 있었다. 그들은 서로의 몸을 따뜻하게 하고자 가까이 접근했다.

그러나 가깝게 할수록 몸에 있는 날카로운 바늘 때문에 서로에게 상처를 입히는 것이었다.

그래서 두 마리의 고슴도치는 가깝게 접근하다가 또 멀어지고 그렇게 하기를 반복하는 사이에 따뜻하면서도 상처를 주지 않는 알맞은 거리를 찾아냈다.

*꿀을 얻으려면 벌에 쏘일 것을 각오해야 한다. 〈아라비아 속담〉

뚝심

북산에 살고 있는 우공愚公이라는 사람은 마을 양쪽으로 높은 산이 있어서 늘 갑갑하다는 생각을 하고 있었다.

"내 저놈의 산을 기어코 깎아서 평지로 만들어야겠다."

이런 생각을 하고 준비에 착수했다.

마을 사람 모두가 비웃었지만, 오히려 그는 큰 소리를 쳤다.

"두고보시오. 내가 비록 늙었지만(그때 그의 나이는 아흔이었다), 내가 하다가 죽으면 아들이 계속하고, 아들이 죽으면 손자가 그 뒤를 잇고, 또 손자가 죽으면… 하는 식으로 대대손손 산을 깎아내면, 끝내는 평지가 되고 말거요."

이 말을 들은 산신이 천제에게 그 당돌하고 건방진 노인의 일을 보고드렸다.

이에 천제는,

"미련하고 고집 센 놈한테는 어쩔 수 없노라."

하면서 신장神將을 불러서는 두 산을 다른 곳으로 옮겨 주었다고 한다.

나이 아흔이나 되는 노인이 삽과 곡괭이로 산을 없애겠다는 그 의지와 용기에 대한 놀라움의 결과였으리라고 믿어진다.

*세상에 신성한 것이 있다면, 그것은 바로 인간의 육신이다. 〈월트 휘트먼〉

용기

『나는 고양이』라는 작품으로 유명한 일본의 소설가이자, 영문학자인 나츠메 소세키 교수의 강의 시간에 일어난 일이다.

한창 강의에 열중하고 있는데 한 학생이 주머니에 손을 넣은 채 수업을 듣고 있는 모습을 발견하였다.

"이봐, 자네의 수업 태도가 왜 그런가? 자세를 바르게 해!"

나츠메 교수가 화난 음성으로 말하자, 상대 학생은 얼굴을 붉힌 채 더 고개를 숙였다. 그러면서 학생이 팔을 빼지 않자, 나츠메는 학생에게 다가가 다시 높은 목소리로 질타했다.

"자네는 내 말이 안 들리나? 왜 팔을 빼지 않는가?"

학생의 얼굴은 일그러졌고 더욱 고개를 떨구었다.

그때 옆자리에 앉은 학생이 말했다.

"교수님, 그 애는 한쪽 팔이 없습니다."

이에 나츠메 교수는 깜짝 놀라며 그 학생을 잠시 동안 바라보았다. 짧은 침묵이 흐른 후 나츠메가 입을 열었다.

"내가 큰 실수를 했군. 하지만 교수인 나도 부족한 지식을 가지고 수업을 하고 있는 중일세. 그러니 자네도 부족한 한쪽 팔을 당당히 드러내지 않겠나?"

*나는 용기를 잃지 않는다. 내가 겪어온 역경은 나에게 힘을 북돋아 준다.
인간의 신뢰는 나에게 희망을 준다. 나는 이를 믿으려 한다. 〈슈바이처〉

관용의 눈

어느 시골 성당에 신부를 돕는 어린 소년이 있었다. 어느 날 성찬용 포도주를 옮기다가 실수로 포도주 담은 그릇을 떨어뜨리고 말았다. 순간 화가 난 신부가 소년의 뺨을 때리면서 외쳤다.

"빨리 꺼지지 못해! 그까짓 일조차 제대로 못하는 녀석, 다시는 제단 앞에 얼씬거리지 마라."

그 후로 소년은 평생 동안 성당에 나오는 일이 없었다. 훗날 무신론자가 되어 공산국가의 대통령이 되었다. 그가 바로 유고슬라비아의 티토 대통령이다.

다른 성당에도 똑같은 심부름을 하는 소년이 있었다. 그도 역시 실수로 성찬용 포도주를 땅바닥에 쏟게 되었지만, 신부는 부드러운 눈빛으로 소년을 바라보며 이렇게 말했다.

"너무 걱정하지 말렴. 넌 앞으로 훌륭한 신부가 될 거다. 나도 너처럼 어렸을 때 실수로 포도주를 쏟은 적이 있단다. 그런데 지금은 이렇게 신부가 되어 있잖니?"

그 후 어린 소년은 자라서 훌륭한 신부가 되었다. 그가 바로 유명한 풀톤 대주교였다.

*칭찬은 다른 무엇보다도 가장 훌륭한 음식이다. 〈윌리암 블레이크〉

친구는 인생의 그림자

'어느 누구도 잃어버린 친구를 대신 할 수는 없다. 옛 동료를 만들어 낼 수도 없다. 그렇게 많은 공동의 추억, 함께 겪었던 위험한 순간들, 불화와 화해, 마음의 동요….

세상의 어느 것도 이와 같은 귀중한 경험들과 견줄 수는 없다. 어느 누구도 이런 우정의 흔적들을 다시 만들어 내지는 못한다.

덧없는 인생살이에서 친구들은 나에게서 하나하나 그들의 그림자를 끌고 가버린다. 그런 그 후부터는 늙음에 대한 남모르는 회한이 우리의 슬픔 속에 섞여드는 것이다.'

생텍쥐페리가 쓴 글에 나오는 말이지만, 책임감, 친구에 대한 자부심, 그에 대한 사랑의 의미를 새삼 느끼게 해주고 있다.

이렇듯 친구는 내 삶의 그림자이며, 나를 증명하는 존재의 이정표이다.

*어린 시절의 추억은 인생의 귀중한 보물창고다. 〈릴케〉

눈물의 의미

'눈물은 투명한 피'이고, '땀은 몸을 식히는 냉각제'라고 표현한다.

눈물의 성분은 98.5%가 수분이고, 나트륨, 칼륨, 알부민, 글로불린 등 염류와 단백질이 포함되어 있어 짭짤한 맛이 나는 것은 염류 때문이다.

눈물의 작용은 크게 눈알 세척과 살균, 영양 공급, 그리고 각막의 시멘팅과 윤활유의 역할을 하는데, 우리의 감정을 보여주는 창구 역할을 하기도 한다.

눈꺼풀은 보통 1분에 15회 내지 20회 정도를 깜빡거리는데, 이때마다 작은 눈물샘에서 소량의 눈물이 분비된다.

그런데 건강한 사람의 눈물은 놀랍게도 마이신보다 높은 살균력이 있어서 그야말로 인체의 신비가 아닐 수 없다.

이 눈물은 감정 표현 방법의 하나로서 카타르시스의 효과도 갖고 있다는 것이다.

그래서 감정이 억제되어 스트레스가 쌓여 있을 때, 울고 나면 스트레스가 해소되기 때문에 머리가 시원해지고 가슴이 후련해지는 일도 있다.

지나친 스트레스가 쌓이거나 과다한 약물 복용, 또는 심한 충격을 받았을 경우에도 눈물이 많이 나오는데, 그것은 작은 눈물샘의 기능이 저하되어서 큰 눈물샘에서 많은 양의 눈물이 분비되기 때문이다.

그런데 좀 드물기는 하지만, 평소에도 눈물을 많이 흘리는 사람이 있는데, 이런 사람들은 절대로 스트레스를 받지 않을 것이라는 우스갯소리를 할 사람도 있을지 모르겠으나 실은 일종의 병일 수도 있다고 한다.

*조물주의 손을 떠날 때에는 모든 것이 착하고 어진 것이었으나 인간의 손에 의하여 모든 것이 악하게 되었다. 〈룻소〉

어머니의 신비

심장 이식, 신장 이식, 간 이식, 피부 이식 등 몸의 다른 조직을 이식 수술할 때 가장 문제가 되는 것이 혈액형이다.

혈액형이 다르면 면역 체계의 공격을 받아 썩어버리기 때문인데, 우리 몸은 항상성恒常性을 유지하기 위한 여러 가지 방어기구가 있지만, 그중에서 면역방어기구는 우리 몸과 일치하지 않는 것이 몸속에 들어오면 백혈구 속에 있는 임파구가 공격무기로 변해서 퇴치해 버린다. 이 임파구의 혈액형은 3억 8천만 종류나 되는데 자기와 다른 것을 만나면 공격을 한다.

그런데 어머니의 뱃속에 있는 태아는 아버지의 유전자가 포함되어 있으므로 분명히 이물질임에 틀림이 없는데도 잘도 보호되어 생명으로 태어난다.

이것은 어머니의 피와 태아의 피가 서로 만나지 못하도록 하는 섬모막纖毛膜 : 트로포블라스트이라는 장벽 때문이다.

그러니까 태아란 혈액형이나 유전인자가 어머니와는 다른 별개의 생명체로서 단지 집을 빌려서 사는 것이라고 할 수 있다. 그래서 남이면서 남이 아닌 것이 어머니와 태아의 관계이다.

대자연이라는 어머니, 가정, 조직, 사회라는 어머니, 보이지 않는 어머니적인 보호와 은혜의 결과가 태아이다.

*위대한 사람은 결코 기회가 없다고 탓하지 않는다. 〈에머슨〉

유리알과 다이아몬드

파리의 뒷골목에 있는 작은 골동품점에 여행 중인 한 부인이 들어왔다.

"잠깐 이것 좀 보여주세요."

그것은 진열장 한구석에 놓여 있는 먼지 투성이가 된 염주였다.

"이것 말입니까? 보잘것없는 유리알이지요. 딴 것을 사신다면 덤으로 드리겠습니다."

부인이 두서너 가지 물건을 사자, 주인은 염주를 덤으로 주었다.

파리에서 미국으로 돌아온 그 부인은 왠지 그 유리알이 값어치 있어 보여 뉴욕에 있는 보석사에게 감정을 부탁했다.

“부인, 이것은 유리알이 아닙니다. 황금 다이아몬드라 하는 대단히 비싼 보석이죠. 정말 횡재를 하셨군요.”

이런 뜻밖의 말을 들은 부인은 놀랐다.

이런 물건을 거저 얻었다는 것이 마음에 걸렸다.

그래서 그 부인은 기회가 있으면 돌려주어야겠다고 마음먹었다.

그로부터 반년쯤 후에 마침 일이 있어 파리에 갔을 때, 제일 먼저 달려간 곳은 그 골동품점이었다.

“반년 전에 이 가게에서 물건을 샀을 때 덤으로 주신 염주는 진짜 황금 다이아몬드였습니다. 이처럼 비싼 것을 공짜로 받을 수는 없습니다. 전에는 유리알인 줄 알고 고맙게 받았습니다만, 이제는 더 이상 제가 가질 수는 없다고 생각합니다”

골동품점 주인은 놀라며 말문을 열지 못했다. 부인의 정직한 인품에 그만 머리가 숙어지는 것이었다.

*너그럽고 상냥한 태도, 그리고 사랑을 지닌 마음. 이것이 사람의 외모를 아름답게 하는 힘이다. 〈파스칼〉

동료

'사람으로 존재한다는 것은 정확하게 책임이 있다는 것이다. 그것은 동료들이 얻은 승리에 대해서 자부심을 갖는 일이다.'

'어느 누구도 잃어버린 동료를 대신할 수는 없다. 옛 동료를 만들어 낼 수도 없다.

그렇게 많은 공동의 추억, 함께 겪었던 위험했던 순간들, 불화와 화해, 마음의 동요…….

아무것도 이와 같은 귀중한 경험들과 견줄 수는 없다. 어느 누구도 이런 우정의 흔적들을 다시 만들어 내지는 못한다.

동료들은 우리에게서 하나하나 그들의 그림자를 끌고 가 버린다.

그리고 그 후부터는 늙음에 대한 남모르는 회한이 우리의 슬픔 속에 섞여드는 것이다.'

동료(동지)란 말은 친구라는 말과는 달리 직업적인 공동체 속에서 삶과 죽음을 함께 하는 사람이다.

친구는 직업과 관계가 없지만, 동료는 직업 또는 임무 속에서 존재하는 사람이다.

망할 때 같이 망하고, 죽을 때 같이 죽는 관계이므로 깊은 전우애는 일생 동안 잊지 못할 것이다.

*아침이 낮의 증거를 나타내듯이 어린 시절은 어른의 표정이 된다. 〈존 밀턴〉

표정 관리

우리는 타고난 용모 때문에 득을 보는 경우가 있는가 하면 본의 아니게 손해를 당하는 일도 있다.

미국 레이건 대통령이 연설문에서 말한 것처럼 자기 얼굴에 책임을 질 줄 아는 사람이라면 용모는 물론 분위기나 인품에까지 자신감을 나타낸다. 아무리 미남미녀라 할지라도 항상 찡그린 인색한 얼굴의 사람이라면 어두운 표정에 마음도 가난하고 비관적인 풍모를 보인다.

학자들의 연구에 의하면 얼굴의 표정을 바꾸면 실제로 감정까지도 바뀐다고 한다. 기쁨이나 슬픔, 분노 등 희로애락의 감정이 일어날 때 표정의 변화를 엿볼 수 있는데, 반대로 표정을 바꾸면 감정의 흐름이 변한다는 것이다.

슬플 때 얼굴에 웃음을 띄우면 슬픔이 경감되고, 유쾌하게 웃으면 실제로 즐거운 기분이 된다.

웃음을 치료 요법으로 활용하여 병을 고친 실예를 언론 매체에 소개되기도 하였다. 웃음은 마음만이 아니라 신체적 변화에 많은 영향을 미친다. 낙관적인 기분과 활발한 신진대사를 유발하는 웃음이 자연 치유력을 강화하는 것이다.

명상의 철학자 파스칼은 말한다.

'마음을 평화롭게 하여라. 그러면 당신의 표정도 평화롭고 따듯해질 것이다.'

*말할 때는 행동할 것을 생각하고, 행동할 때는 한 말을 돌아본다. 〈중용〉

나쁜 습관 고치기

『법구경』에 다음과 같은 구절이 있다.

해야 할 일을 소홀히 하고
해서는 안 될 일을 즐거이 해서
풍류를 즐기고 방탕하게 놀면
나쁜 버릇은 날로 늘어가리라.

건전한 사람이라면 나쁜 습관을 버리고 자기 성장을 위해 무엇인가를 하려고 노력한다. 그런데 그것이 좀처럼 되지 않는 이유는 우선 마음의 변화가 일어나지 않은 탓이고, 어느 정도 변화가 있었다고 해도 행동의 변화를 가져오지 못한 탓이다.

스위스의 철학자 아미엘이 쓴 『일기』를 보면 다음과 같은 유명한 글이 쓰여 있다.

마음이 변하면 태도가 변한다. 태도가 변하면 습관이 변한다. 습관이 변하면 인격이 변한다. 인격이 변하면 인생이 변한다.

*누구나 자기 자신의 속을 파면 팔수록 무수한 보물을 간직하고 있다. 다만 스스로 노력과 인내가 부족하여 파내지 않고 있기 때문에 잃어버리고 만다. 〈채근담〉

약속

'지키지 못할 약속은 하지 말라.'

이 말은 여러 사람들과 접촉하는 사람은 약속을 얼마나 잘 지키느냐에 따라 자신의 평판이 좌우되기 때문에 최대한 솔직하고 정직하게 살아가라는 경고라고 할 수 있겠다.

또한, 정비공장에 근무하는 사람이 고객의 차에 대한 정비 사항을 목록에 기록하는 것도 필요한 서비스를 하겠다는 약속이며,

"손님의 차는 다섯 시 정각에 끝낼 수 있습니다."

또는 "만약 수리가 완료되지 않거나 문제가 생기면 연락을 드리겠습니다."라는 말도 약속이다. 약속을 지키지

않게 되면 신용은 땅에 떨어지고 그 불신으로 말미암아 사업을 곤경에 빠뜨리게 만들고 공장문을 닫게 할 수도 있다.

먼저 생각을 해 보고 지킬 수 있는 것만 약속한다면

① 나중에 당황하는 일이 없을 것이며
② 사과나 변명을 하지 않아도 되며
③ 그가 말하는 것에 신뢰감을 가지게 되고
④ 성실한 인상을 고객에게 심어줄 것이다.

지금 당장 이번 주까지 했던 약속들을 기억나는 대로 자신을 속이지 말고 정직하게 적어 보면 아예 지키려고 마음 먹지도 않았던 것들도 있을지 모른다. 체크한 메모지를 볼 수 있도록 붙여 두고 그것을 거울삼아 앞으로는 잘하겠다고 다짐해 보는 것도 약속에 대한 사고방식을 고치는 계기가 될 것이다.

사업에서의 성공, 성공적인 결혼생활, 원만한 가족 관계, 타인과의 친밀한 관계…. 삶의 기쁨은 약속을 지키는

데서부터 시작되며 약속을 지킬 줄 안다는 것은 성실한 사람의 표시다.

*건강한 육체는 영혼의 객실이요, 병약한 육체는 그 감방이다. 〈와일드〉

인과응보

아주 솜씨 있는 재단사가 있었다. 어느 날 그는 장물을 갖고 있다고 해서 2년 형을 선고받게 되었다. 그러자 시장이 그를 만나러 갔다.

왜냐하면, 그는 도시에서 가장 솜씨 좋은 재단사였기 때문이다. 도시의 시민들은 그의 실수를 용서하고 있었고 시장 역시도 재단사를 사랑했다.

시장이 감옥으로 그를 만나러 갔을 때, 재단사는 여전히 바느질을 하고 있었다. 그는 낡은 승복을 수선하고 있는 중이었다. 그것은 그가 할 수 있는 최선의 일이었다.

시장이 물었다.

"그래 무슨 바느질을 하고 있는가?"

그러자 재단사 조용히 대답했다.

"예, 인과응보를 깁고 있습지요."

*빛을 퍼뜨릴 수 있는 두 가지 방법이 있다. 촛불이 되거나 또는 그것을 비추는 거울이 되는 것이다. 〈워튼〉

5 — 나무의 지혜

좋은 말의 효과

어리석은 사람들은 지혜로운 사람들에 대한 열등감에서 벗어나고자 거친 말과 험담을 일삼는다.

거친 말은 날카로운 칼과 같고 탐욕은 독약이며 노여움은 사나운 불꽃이고 무지함은 더 없는 어둠이다.

그러므로 옳은 인생의 길로 인도하는 데는 진실한 말이 최고이며, 이 세상의 모든 등불 가운데 진실의 등불이 최고이며, 세상의 모든 병을 치료하는 약 중에는 진실한 말의 약이 으뜸이다. 자신과 남을 위하여 그리고 돈과 향락을 위하여 거짓을 말하지 않으면 그것이 곧 깨달음에 이르는 길이다.

*인간의 말은 그의 인생과 같다. 〈소크라테스〉

밝은 성격

어떤 사람이 자기 아들을 업고 언덕길을 오르고 있었다.

"너도 꽤나 무거워졌구나."

하고 아버지가 숨찬 목소리로 말하자

"아버지, 인내와 노력이 인간을 만드는 거예요. 조금만 참으세요."

어린 주제에 가당찮은 '명언'을 말하는 아들이었다. 이에 아버지는 너털웃음을 웃고 끝까지 업고 갔다고 한다. 그 똑똑한 꼬마의 이름은 앤드류 카네기였다.

강철왕으로 성공한 뒤에도 카네기가 항상 인용하는 격언이 있었다.

"밝은 성격은 어떤 재산보다 귀중한 가치이다. 성격은

가꿀 수 있는 것으로서 인간의 마음도 몸과 마찬가지로 그늘에서 햇빛이 비치는 곳으로 옮겨가지 않으면 안 된다는 점을 항상 기억해 두어야 한다. 곤란한 경우를 당한 때에도 가능한 한 웃어넘겨야 한다. 조금이라도 생각할 줄 아는 인간이라면 누구나, 그렇게 할 수 있을 것이다."

***확실하게 행복한 사람이 되는 단 하나의 길은 사람을 사랑하는 일이다.** 〈톨스토이〉

학력과 실력

사람들은 학력과 실력을 혼동하는 경우가 있다. 그러나 분명히 알아두어야 할 것은 학력과 실력은 엄연히 구분되어야 한다.

학력은 좋지만 실력이 없는 사람이 있는가 하면, 학력은 보잘것 없지만 실력이 대단한 사람도 있기 때문이다.

학력이 좋은 사람 중에는 그것을 간판으로 내세우면서도 학력만 믿고 실력을 쌓지 않는 사람도 많다.

그와 반대로 학력이 모자라기 때문에 더욱 노력해서 학력이 좋은 사람보다 더 나은 위치에 있는 사람들을 얼마든지 볼 수 있다.

학력은 사람을 평가할 때의 참고 사항은 될지언정, 인간

그 자체는 아니다. 좋은 학교를 졸업했다고 해서 반드시 유능하다고 보기는 어렵고 사회에서의 활동은 학교와는 관계없는 일이 더 많다.

우리의 인생은 현재와 미래가 더욱 중요하며, 학력이란 과거의 그림자에 불과할 뿐이다.

학력이 좋은 사람은 그 과거의 기록을 부끄럽게 하지 않기 위해서도 실력을 쌓아야 하고, 학력이 나쁜 사람은 현재와 미래의 명예를 위해서 실력을 발휘해야 한다.

*작은 일에 지나친 관심을 갖는 사람은 대개 큰일에는 무능하다. 〈라 로시푸코〉

거짓말 방법

거짓말에는 자기의 잘못을 덮기 위한 것과 직장 내에서 출세를 위해서 하는 거짓말로 나누어 볼 수 있을 것이다.

직장 내에서 하는 거짓말은 누군가를 희생시키거나 잘못을 은폐하는 것일 수 있기 때문에 악질적인 면이 있음을 부인 못할 것이다.

그리고 상사의 압력 때문에 본의 아니게 거짓말을 해야 할 때도 있게 되는데, 이런 때도 가능한 양심에 어긋나지 않도록 타협할 필요가 있다.

때로는 자기 실력을 과장해서 말하거나 남의 공적을 자기 것인 양 가로채는 거짓말도 있을 수 있다. 거짓말을 해야 할 경우엔 다음의 다섯 가지를 스스로 물어볼 필요가 있다.

① 나의 거짓말이 다른 사람에게 얼마나 해를 끼칠 것인가?

② 이 거짓말이 단 한번으로 끝날 것인가, 아니면 이 거짓말 때문에 또 다른 거짓말을 해야 하지는 않을까.

③ 만일 거짓말임이 탄로 났을 때 정당한 변명을 할 수 있을까. 그 변명이 다른 사람에게는 어떻게 들릴 것인가.

④ 나의 거짓말이 자존심에 어떤 영향을 미칠 것인가.

⑤ 다른 사람이 내게 같은 거짓말을 한다면, 어떤 느낌이 들겠는가.

*사람은 사람에게서 말을 배우고 신으로부터는 침묵하는 법을 배운다. 〈플루타르크〉

중용

양생주라 함은 육체를 기르는 보통의 뜻을 가진 양생의 도를 말한다. 그와는 별도로 '위선僞善하되 이름名譽에 가까이하지 말며, 위악僞惡도 형形에 가까이해서는 안 된다.'라는 말이 있다. 즉 착한 일을 해도 명예를 바랄 정도로 해서는 안 되며, 또한 악한 일을 한다 해도 형벌을 받을 정도까지 해서는 안 된다는 것이다.

그러면 어떻게 해야 하는가?

'연독이위경緣督以爲經하다.'

이렇게 하면, '보신保身되고 생을 바르게 하며, 천수天壽를 다 할 수 있다.'라고 맺고 있다.

여기서 '연독이위경'이라 함은 무슨 일이나 더도 말고

덜도 아닌 중용中庸을 지킨다는 뜻으로, 위에서도 말했듯이 착한 일을 해도 명예를 얻을 정도로는 하지 말고, 비록 악한 일은 한다 해도 벌을 받을 정도까지는 하지 말라는 뜻이다.

***입이 차갑고 발이 따뜻한 자는 오래 산다.** 〈G. 허버트〉

형설의 공

어느 날 손강孫康이 차윤車胤을 찾아갔더니 하인이 출타 중이라고 아뢰었다.

“어디를 가셨는지 아느냐?”

“반딧불을 잡으러 가셨습니다.”

며칠 후 차윤이 답례로 손강의 집을 방문하였다. 그때 손강은 하늘을 멍하니 올려다보고 있었다.

“대감, 지금쯤 독서 삼매경에 빠져 계신 줄 알았더니 무엇을 그리 쳐다보십니까?”

“날씨를 가늠해 보는 중입니다.”

“날씨는 왜요?”

“눈이 언제쯤 올까 궁금해서요.”

위의 글은 '형설의 공'으로 유명한 손강과 차윤의 이야기로 가난한 두 사람은 반딧불 빛으로 공부를 하고(차윤), 쌓인 눈빛으로 공부를 해서(손강) 훗날 높은 벼슬에 올랐다는 고사이다.

*안일한 생활을 즐기다가는 이름을 높일 수 없다. 〈좌전〉

얽힌 실 풀기

'얽힌 실을 풀려면 장님에게 맡겨라.' 하는 말이 있다. 눈을 뜨고 있는 사람도 힘든데 앞을 못 보는 장님이 어떻게 얽힌 실을 풀 수 있는가라고 의아해 할지 모른다. 그러나 그들이 아무런 선입관도 없이 가닥을 더듬어보다가 실마리를 찾아 잘 풀 수 있다고 한다.

한 분야에서의 오랜 경험이 고정관념이나 편견을 만들기도 하며, 이러한 편견과 고정관념이 관점의 범위를 저해하는 요소가 된다.

전문가는 사람을 부정적으로 정의할 경우 '전문가는 무슨 일을 하려고 할 때 그 일이 안 되는 이유를 댈 수 있어야 한다.'라고 하듯이, 그들은 자기가 그 일에 대하여 모든 것을 다 알고 있으며 그 일에 대해서 만큼은 누구도 자기를 따라올 수 없다는 선입견에 얽매인 사람들이다.

대개 학식이 있는 사람들, 과거의 어느 일에 경험이 있는 사람들은 자기의 과거 경험, 학식에 의해 울타리부터 친다. 그리하여 그는 항상 그 울타리 안에서만 사고할 뿐 벗어나려는 노력을 하지 않게 되므로 선입관의 지배를 받게 된다.

때문에 일의 성질이 고도의 전문적인 기술이나 지식을 요하지 않는 경우에는 비전문가의 의견에도 귀를 기울여야 한다. 왜냐하면, 선입관에 구애받지 않고 장님이 얽힌 실 풀 듯이 건전한 상식으로 좋은 해결안을 제시해 줄 수 있기 때문이다.

***바람과 파도는 항상 유능한 항해자의 편에 선다.** 〈에드워드 기번〉

부부 사이

언제나 작은 머리를 맞대고 있는 정겨운 비둘기의 모습, 그 금술이 좋은 한 쌍. 숫비둘기는 부지런히 먹을 것을 물어다가 둥우리에 가득 채웠다. 이만하면 우리 비둘기 부부가 편안히 겨울을 지낼 수 있겠지 하는 마음에 만족스러웠다.

하지만 햇볕을 쬔 먹이는 말라져서 그 양이 부쩍 줄어들었다. 숫놈은 참다못해 화를 냈다.

"얼마나 고생하며 물어온 먹이인데 몰래 너 혼자 먹어버렸어?"

암놈은 너무 억울해서 열심히 해명을 하였으나 성미가 급한 숫놈은 말도 채 듣지 않고 주둥이로 쪼아서 암놈을 내쫓았다.

며칠 후 큰 비가 내렸다. 그러자 먹을 것이 물에 젖어 본래의 크기로 부풀어 올랐다.

비로소 진실을 깨달은 숫비둘기는 자기의 잘못을 크게 뉘우치고 눈물을 흘렸다.

"아내가 먹지 않은 것을 내가 참지 못하고 내쫓았으니."

*두 사람이 마음을 합치면 날카로운 금속도 자를 수 있다. 〈역경〉

겨 묻은 개

영국의 어느 빵집에서 일어난 일이다.

이 빵집에는 매일 아침 버터를 납품하는 농부가 있었는데, 아무래도 정량이 미달인 것 같았다.

그래서 버터를 저울에 달아보았더니 아닌 게 아니라 버터마다 조금씩 정량이 미달이었다.

결국, 빵집 주인은 이 농부를 상대로 고소를 했고, 농부는 재판정에 서게 되었다.

심문을 하던 재판관은 깜짝 놀랐다. 이 농부에게는 몇 마리의 젖소가 있었는데 저울이 없었던 것이다.

그래서 매일 빵집에서 갔다 먹는 빵의 무게를 기준하여 버터를 잘랐던 것이다.

결국, 빵집 주인이 얕은 상술로 좀 더 이익을 남기기 위해 정량을 속였던 것이 밝혀져서 자기 잘못을 탓하지 않고 남의 잘못만 들추어 내는 꼴이 되었던 것이다.

뭐 묻은 개가 겨 묻은 개를 탓한다는 말을 되새겨 볼 일이다.

*당신을 다른 사람으로 만들려고 밤이나 낮이나 최선을 다하고 있는 세상에서 자기 스스로 산다는 것은 인간으로서 가장 어려운 싸움이며 결코 끝이 없는 싸움이다. 〈E. 커밍스〉

작은 지혜

달도 별도 뜨지 않은 깜깜한 밤, 호젓한 골목길을 한 사내가 걸어가고 있었다. 그때 반대편에서 등불을 켜든 사람이 마주 걸어왔다. 그는 앞을 못 보는 장님이었다. 이에 이상하게 생각한 사내는 장님에게 말을 건넸다.

"여보시오, 당신은 앞을 못 보는 것 같은데, 왜 등불은 들고 다니십니까?"

그러자 장님은 태연하게 대답했다.

"눈 뜬 사람들에게 내가 걷고 있다는 사실을 알도록 한 것이지요."

*작은 틈으로 빛을 볼 수 있는 것처럼 작은 일이 그 사람의 성격을 드러낸다.
〈새뮤얼 스마일스〉

인간의 섬

린드버그 여사가 쓴『바다의 선물』이란 책에 다음과 같은 내용의 글귀가 우리들의 마음에 작은 감동을 준다.

'인간은 모두 섬인데, 같은 바다에 있다.'

린드버그 여사는 최초로 대서양 횡단 비행에 성공한 비행사 린드버그의 부인으로서 그녀가 쓴『바다의 선물』은 한때 베스트 셀러가 된 수필집이다.

한적한 섬의 바닷가에서 휴가를 보내며, 단조로운 일상 속에서 구두끈을 매는 일, 조개를 줍는 일 등등 아주 사소한 시간의 파편들을 담담하게 관조한 내용으로 많은 사람들에게 삶의 의미를 부여하고 있다.

'섬이란 얼마나 아름다운 곳인가, 내가 지금 존재하고

공상하고 있는 공간적인 섬도 좋다. 몇 마일이고 계속되는 바다에 둘러싸인 채 섬과 육지를 연결하는 다리도 전화도 없이 섬은 세계와 인간 생활로부터 떨어져 있다. 또한, 시간적인 의미의 섬도 좋다. 우리 인간은 모두 섬인데, 단지 하나의 같은 바다에 있다고 생각한다.'

*모든 사람은 자가 운명의 건축가이다. 그러나 이웃 사람은 그 건축을 감독한다.
〈G. 에이드〉

링컨의 약속

링컨 대통령이 마차를 타고 여행을 하고 있었다. 수행하던 육군 대령이 위스키병을 꺼내더니 술을 권했다.

링컨이 말했다.

"대령, 나는 위스키를 마시지 않는다네."

그러자 대령은 담배를 꺼냈다.

"이보게 대령, 내 이야기를 좀 들어보겠나. 내가 아홉 살 때 병상에 계시던 어머님이 나를 곁으로 부르더니 말씀하셨네. '의사 선생님의 말씀이 내 병은 더 이상 좋아지지 않을 거라는구나. 나는 네가 착한 아이로 자라기를 바라는데 약속을 해주면 좋겠다. 일생 동안 술을 마시지 않고 담배를 피우지 않겠다고 말이다.' 그래서 나는 지금까지 어머님과의 약속을 지켜왔는데, 설마 지금 자네가 그 약속을 깨라고 하지는 않겠지?"

대령이 황급히 말했다.

"각하! 제가 어떻게 그 약속을 깨라고 하겠습니까! 저의 어머님께서도 그처럼 훌륭한 약속을 권하셨다면 저는 지금보다 훨씬 훌륭한 사람이 되었으리라고 생각합니다."

*사람의 가치를 직접적으로 나타내는 것은 재산도 아니고, 그의 행적도 아니고, 그 사람됨이다. 〈아미엘〉

선의의 거짓말

한 농부가 임종을 맞았다. 농사를 천직으로 알고 살아온 그는 자식들도 농사일을 시키려고 했다. 그러나 아무리 생각해 보아도 자식들은 농사에 성의가 없는 것 같이 보였다. 그래서 그는 죽음을 앞에 놓고 마지막으로 자기의 소원을 자식들에게 들려주기로 마음먹었다.

물론 농부의 소원은 자기의 뒤를 이어 자식들이 열심히 땅을 일구는 농사일이었다. 하지만 무조건 땅이나 파라고 하면 따라줄 것 같지 않아 농부는 자식들에게 말했다.

"너희들은 잘 듣거라. 내가 죽거든 포도밭에 묻어 둔 것을 찾도록 해라. 잘 찾아보면 그 밭에서 너희들이 평생 먹고 살 보물이 나올 것이다."

이런 유언을 남기고 숨을 거둔 아버지의 말을 좇아 자식들은 포도밭을 열심히 파헤쳤다. 이렇게 보물을 찾아 밭을 파헤친 대가로 그 해부터 아버지 때보다도 몇 배나 더 많은 수확을 걷을 수 있었다.

*結草報恩결초보은 : 풀을 엮어 은혜를 갚는다. 죽어서라도 은혜를 잊지 않고 갚는다는 뜻. 〈좌전〉

칭찬의 명수

어느 프로 야구팀 감독은 선수들의 실력을 발휘하게 하는 방법 중에서 칭찬이 가장 효과가 있었다고 말했다.

"자네는 콘트롤이 나쁘군, 공은 빠른데."라고 말하는 것과 "훌륭해. 강속구를 가지고 있군. 거기에 콘트롤만 있으면 되겠어."라고 말하는 것과는 결과가 전혀 다르다는 뜻이다.

먼저 장점을 칭찬하고 다음에 단점을 고치도록 하면 연습에 임하는 태도가 달라진다는 것이다. 이와는 반대로 먼저 결점을 지적하면 자신감을 잃어 공의 속력마저 떨어진다는 것이다. 그러나 칭찬만으로 사람을 키울 수는 없으며 때로는 질책도 필요하다.

그러나 이때 '화'를 내지 말고 오로지 상대를 위해 진심어린 충고로 꾸짖는다는 자세가 필요하다. 그럴 때 아무리 심한 말로 꾸짖어도 상대는 마음을 열어 알아듣고 이해한다는 것이다.

인간은 아무리 나이가 들어도 칭찬받는 것만큼 힘이 되는 것은 없으며, 칭찬과 꾸짖음을 적절히 사용하면 우수한 인재로 태어난다는 것이다.

*자기 자신의 마음속에서 싸움을 시작한 사람만이 가치 있는 사람이다. 〈로버트 브라우닝〉

나비가 하는 말

향기를 뽑기 위해 꽃을 학살하고
향수 냄새를 뿌리면서
사람들은 꽃을 사랑한다고 말한다.

사람들은 꽃병이라는 것을 만들고
꽃병에 꽂아두기 위해 싹둑 자르면서
꽃을 사랑한다고 말한다.

때로 우리는 꽃에서 벌과 만나는 일이 있지만
우리는 싸우지 않고 꽃을 사랑하는데
사람들은 자기 혼자 가지려고 다투면서

꽃을 사랑하는 마음을 자랑한다.

사람들은 열매 맺는 일은 조금도 도와주지 않으면서
익기가 무섭게 열매를 탐한다.

꽃이 말없이 웃는 건
우리를 사랑하기 때문이다.
우리는 있는 그대로 사랑하면서
열매 맺기를 도와준다.
우리는 사랑한다는 말 이상으로
말없이 사랑한다.

*나무는 열매로 알려지지 잎으로 알려지지는 않는다. 〈J. 레이〉

사랑의 방정식

이 세상의 모든 것은 다 모방하고 위조할 수 있지만 사랑만은 그렇게 할 수가 없다. 사랑이란 훔칠 수도 위조할 수도 없는 투명한 공기와 같다.

사랑이란 자신을 완전히 이해할 줄 아는 마음속에서만 살아있다. 그러한 마음은 모든 예술을 창작할 수 있는 원천이기도 하다. 대다수의 사람들은 자신의 삶을 신용과 믿음, 사랑으로서 영위하려 하지 않고 돈과 상품으로 지불하려고 한다.

삶은 오직 사랑을 통해서만 의미를 지니게 되는 운명적인 것이다. 이를테면 더욱 더 사랑을 하고 자신과 타인을 위해 헌신할 마음을 지니고 있다면, 우리의 삶은 그만큼 의미가 깊어질 것이다. 그러므로 우리의 삶이란 사랑 없이는 아무런 가치도 부여할 수 없다.

사랑이란 슬픔 속에서도 의연해지고 미소지을 수 있는 능력을 말한다. 자기 자신에 대한 끊임없는 사랑, 자기 운명에 대한 헌신적인 사랑, 사랑을 통해 아직은 볼 수가 없고 이해할 수가 없는 경우일지라도 신비한 것이 우리에게 요구하고 계획하고 있는 것, 충심으로 동의하는 것, 이것이 바로 우리의 인생 목표이며 삶의 실체인 것이다.

주는 것이 받는 것보다 행복하고, 사랑하는 것이 사랑받는 것보다 아름다우며 우리를 행복하게 해준다.

*바람이 불지 않으면 노를 저어라. 〈처칠〉

사랑의 빛깔

헨리 드러먼드라는 심리학자의 분석에 의하면 사도 바울이 말한 고린도 전서 13장의 내용을 살펴보면 사랑은 인내 · 친절 · 겸손 · 관용 · 예의 · 무사욕 · 온유 · 순수 · 진실 등 9가지 빛깔이라고 표현하고 있다.

- 사랑은 오래 참습니다.(인내)
- 사랑은 친절합니다.(친절)
- 사랑은 시기하지 않습니다.(관용)
- 사랑은 교만하지 않습니다.(겸손)
- 사랑은 무례하지 않습니다.(예의)
- 사랑은 사욕을 품지 않습니다.(무사욕)

- 사랑은 성을 내지 않습니다.(온유)
- 사랑은 오래 참고 변함이 없습니다.(순수)
- 사랑은 불의를 보고 기뻐하지 아니하고, 진리를 보고 기뻐합니다.(진실)

*당신의 삶에 최상의 것이 사랑이라면 신의 존재 속에서 가장 낮은 것이 사랑이다.
〈라즈니쉬〉

목숨보다 위대한 사랑

그리스의 철학자 플라톤은 『향연』이란 책에서 사랑에 대해 다음과 같이 그의 제자에게 말하고 있다.

"사랑이란, 사랑하는 사람을 위하여 목숨을 아끼지 않는다는 극한의 감정을 가지고 있다. 사랑을 위하여 죽어도 좋다고 생각하는 것이다. 이는 남자만이 아니라 여자도 마찬가지이다. 페리아스의 딸 알케스티스가 그 전형적인 예이다."

제우스 신의 노여움을 받은 아폴론 신은 추방되어 1년 동안 아드메토스 왕의 노예가 되어 종살이를 하게 되었다. 왕이 아폴론 신을 우대하였기 때문에 정성을 다해 섬겼다. 왕의 가축을 번식해 주고 곡식을 잘 가꾸어 식량도 늘려

주었다.

또한 아폴론 신은 왕이 사모하고 있는 처녀 알케스티스와 결혼할 수 있도록 도와주고, 1년 동안의 후대에 보답하는 뜻으로 아폴론 신은 왕이 죽게 되는 경우, 누군가 대신 죽어준다면 왕의 목숨을 끊기지 않도록 약속했다.

그 후 오래지 않아 아드메토스 왕이 급환으로 생명이 위태로워졌다. 왕 대신에 죽어줄 사람을 구했지만, 형제와 친척은 물론 어느 한 사람 찾을 수가 없었다. 그러자 왕비가 대신 죽음으로서 왕의 목숨을 구했다. 때마침 그곳을 찾아온 영웅 헤라클레스가 애틋한 사연을 알고 망령의 세계로 달려가 왕비를 찾아왔다.

이 내용이 비극 시인 에우리피데스 작품『알케스티스』의 줄거리다.

사랑의 편지

아름다운 사랑의 편지는 비록 짧은 문장이지만, 하나하나의 낱말은 순식간에 과녁을 적중하는, 그러나 오랫동안 떨리는 화살의 여음과 같다. 그리하여 기억 속에 아로새겨진 몇몇 구절은 수많은 나날을, 숱한 밤을 보내면서 따뜻하고, 여러 해가 지나 오랜 시간이 흐른 뒤 필적마저 희미해졌음에도, 이미 사랑하지 않게 되었음에도, 사람들은 그 글을 쓸 때를 회상한다. 잃어버린 사랑이지만 추억 때문에 고독할 수는 없으리라. 때로는 사랑하는 사람이 보내온 절교를 선언하는 편지가 무정해 보인다 하더라도 그를 원망해서는 안 된다. 그것은 그가 사랑하지 않는다는 것을 의미하지 않기 때문이다. 다만 그의 사랑이 당신이 사랑하는 방식과 같지 않으며, 그의 사랑은 늘 조심스럽고 완전히 내맡기는 사랑이 아니라는 것을 의미할 따름이다. 누군가를 갈망하고 그리워한다고 해서 열정적인 성격을 가질 수 있는 것은 아니며, 자신의 심정을 토로하고 싶다고 해서 누구나 다 그럴 수 있는 것도 아니다. 그러나 그들이 간직하고 있는 순수한 감정은 자신의 사랑을 표현할 수 있는 사람보다 더 강렬한 불꽃을 간직하고 있음을 잊어서는 안 된다.

*사랑의 빛이 없는 인생은 가치가 없다. 〈실러〉

부처의 모습

임제臨濟라는 사람이 스승을 찾아가 눈물을 흘리면서 어떻게 해야 부처가 될 수 있느냐고 물었다. 그러자 스승은 힘껏 그의 얼굴을 후려쳤다.

임제는 깜짝 놀라며 황급히 말했다.

"스승님, 제가 무슨 잘못된 것이라도 물었습니까?"

"그렇다. 이것은 사람만이 물을 수 있는 마지막 질문이다. 또 한번 물어보라. 더 세게 때려줄 테니. 얼마나 어리석으냐! 네가 곧 부처인 것이다. 한데 어떻게 부처가 되느냐고 물어?"

*희망은 살아 숨 쉬는 꿈이다. 〈아리스토텔레스〉

우유 한 잔의 대가

하워드 켈리라는 의과대학생은 학비에 보태려고 여름방학에 서적 세일즈맨으로 일하고 있었다. 어느 시골 마을에 도착했을 때 몹시 목이 말랐다.

어떤 농가 안으로 들어서자, 한 소녀가 나타났다.

"물 한 잔만 부탁드릴 수 있을까요?"

"괜찮으시다면 우유를 드릴게요."

그래서 켈리는 시원하고 맛있는 우유로 갈증과 허기를 채울 수 있었다.

그 후 켈리는 학교를 졸업하고 의학박사가 되어 존스 홉킨스 대학병원에 근무하게 되었다.

어느 날 시골에서 온 위독한 환자가 응급실에 실려

왔다. 켈리 박사는 그 여인에게 특별한 관심을 쏟아 특실에 전담 간호사까지 배치시켰다. 수술도 무사히 끝나고 환자는 급속히 회복되어 갔다.

그런 어느 날 간호사가 환자에게 말했다.

"내일이면 퇴원할 수 있겠어요."

환자는 자신이 다 나은 것은 기뻤지만, 한편으로는 적지 않은 병원비가 걱정이었다. 간호사가 가져다준 청구서를 읽어가다가 환자는 깜짝 놀라지 않을 수 없었다. 청구서 맨 끝에 이렇게 사인이 되어 있었기 때문이다.

'우유 한 잔으로 모든 비용은 지불되었음. – 닥터 하워드 켈리'

*삶의 경쟁에서 명예와 보상은 좋은 행실을 보여주는 사람에게 돌아간다. 〈아리스토텔레스〉

나무의 지혜

노자老子가 제자들과 숲속을 지나갈 때, 몇백 명이나 되는 목수들이 나무를 베고 있었다. 궁궐을 짓기 위함이었다.

숲의 나무가 몽땅 벌채되려는 위기에 놓여 있는 데, 딱 한 그루의 나무가 우람한 가지를 거느리고 서 있었다.

큰 나무였다. 몇 천이나 되는 나뭇가지 –1만 명 가량의 사람이 앉을 수 있을 만큼 나무는 그늘을 드리우고 있었다.

노자는 제자들에게 숲의 나무를 모두 베고 있는데, 그 큰 나무가 베어지지 않은 이유를 알아오라고 했다.

목수들이 전한 이야기로는,

"이 나무는 도무지 쓸모가 없기 때문이지요. 가지마다 공이가 너무 많이 박혀 있어요. 곧게 뻗은 가지가 하나도 없어요. 그래서 기둥으로 쓰지 못합니다. 가구를 짤 수도 없답니다."

그러자 노자는 제자들을 둘러보며 말했다.

"하지만 저 늙은 나무의 살아남는 지혜를 배워야 하느니라."

*고독한 나무가 자라기만 한다면 강하게 자란다. 〈처칠〉

열 번 찍어도 안 넘어가는 나무

속담에 '열 번 찍어서 안 넘어가는 나무 없다.'는 말이 있다. 과연, 열 번을 찍어 본 사람은 몇 명이나 될까.

미국의 한 기관에서 세일즈맨의 성과를 조사한 것이 있어서 살펴보기로 한다. 48%의 세일즈맨은 한번 방문해 보고 나서 판매를 포기했고, 25%의 세일즈맨은 두 번째에 포기했고, 15%는 세 번째에서 단념했다고 한다. 방문 횟수가 세 번 이하인 경우를 합치면 88%나 되었다. 나머지 12%의 세일즈맨이 계속해서 방문을 한 결과 전체 목표의 80%를 달성했다는 것이다. 그러니까 나머지 88%의 사람들은 겨우 목표 달성에 20%의 기여를 한 셈이다.

입으로는 '열 번 찍어서 안 넘어가는 나무가 어디

있느냐?'고 하면서도 대부분의 사람들은 두세 번 찍어 보고 '이 나무는 열 번 찍어도 안 넘어가는 나무야.' 하면서 일찌감치 포기를 하는데 문제가 있음을 말해 주고 있다.

열 번 찍어서 안 되면, 열 한 번 찍고, 열 한 번 찍어서 안 되면, 열두 번 찍는 사람. 성공은 그런 사람들을 위해서 기다리고 있다.

*이 세상에 가장 신성한 것이 있다면 그건 바로 인간의 육신이다. 〈휘트먼〉

먼 친척, 가까운 이웃

멕시코의 전설에 이시드로라는 농부의 이야기가 나온다. 이시드로가 열심히 밭을 갈고 있는데, 천사가 나타나 말했다.

"하느님께서 당신을 보자고 하시는데, 나하고 같이 갑시다."

농부는 하는 일이 바쁘다며 거절했다.

얼마 후 다시 천사가 와서 말했다.

"하느님께서 매우 노하셨습니다. 지금 당장 당신이 오지 않으면 큰바람을 보내고 가뭄을 주어서 농사를 망칠거라고 하십니다."

하지만 농부 이시드로는 태풍을 이겨냈고, 가뭄에는

강에서 물을 끌어왔기 때문에 겁이 나지 않았다. 그래서 또 거절을 했다.

다시 천사가 나타나서 말했다.

"만일 이번에도 오지 않으면 당신에게 나쁜 이웃을 보내겠다고 하셨소."

그러자 이시드로는 일손을 멈추며 조용히 말했다.

"같이 가겠습니다. 그것만은 참을 수가 없으니까요."

우리는 흔히 먼 친척보다 가까운 이웃이 더 좋다고 한다. 이웃사촌이라는 말은 사촌처럼 가깝다는 뜻이다. 이시드로는 이웃이 소중했던 것이다.

*너의 이웃집이 불타면, 너 자신의 안전도 위태롭다. 〈호라티우스〉

우정의 향기

가난한 집안에서 태어난 밀레는 그림 공부를 하기 위해 파리로 가고 싶었지만, 가족을 남겨둔 채 떠날 수가 없었다.

그런 어느 날 밀레의 그림 솜씨를 아끼는 친구가 가족은 자기가 돌보아 줄 터이니 유학을 가라고 권고했다.

친구의 도움을 받아 파리로 나왔지만, 가난한 밀레는 돈벌이를 위해서 하는 수 없이 누드를 그려 생활을 꾸려나갔다. 그러자 밀레의 그림을 본 사람들의 비웃는 듯한 소리를 듣고 마음속으로 농촌과 농민의 그림을 그리자는 결심을 하기에 이른다.

하지만 생활은 더 어려워지고 추운 날에 땔감이나

식량조차 제대로 마련할 수 없는 형편에 놓여 궁핍한 나날을 보내지 않으면 안 되었다.

어느 날 친구 장 자크 루소가 찾아왔다.

"이봐 좋은 소식이 있어. 자네 그림을 사겠다는 사람이 나타났다는 말일세. 여기 돈도 있잖아."

하며 3백 프랑이라는 큰돈을 내놓았다.

"그림 선택을 나에게 맡겼으니까, 저 '나무 심는 농부'를 주게."

오래간만에 밀레의 가족은 궁핍에서 벗어날 수 있었다.

몇 년 후 루소의 집을 방문한 밀레는 깜짝 놀라지 않을 수 없었다. 루소의 집에 그 '나무 심는 농부'가 걸려 있었던 것이다.

*오랜 친구는 큰 과오가 없는 이상 버려서는 안 된다. 〈논어〉

우정의 선물

옛날 페르시아에 변장을 하고 백성들과 만나는 것을 좋아하는 샤 아바스라는 황제가 있었다.

어느 날 거지로 변장을 하고 석탄 가루와 재가 뒤섞인 어두운 지하실 방에서 초라하게 살고 있는 늙은 화부를 만나러 갔다. 왕은 화부와 여러 가지 이야기를 주고받으며 식사 때가 되자 화부가 먹는 마른 빵과 지하수와 다름없는 물을 나누어 마셨다.

그러자 불쌍한 늙은 화부에게 동정심이 생겨났다. 황제가 이윽고 말했다.

“이보게, 내가 누구인 줄 아는가? 자네는 나를 거지인 줄 알겠지만, 나는 이 나라의 황제 샤 아바스일세.”

거지는 전혀 동요하는 기색 없이 묵묵히 듣고 있을 뿐이었다.

"내 말의 뜻을 모르겠나? 나는 자네를 부자로 만들 수도 있고 고관대작의 높은 벼슬도 줄 수 있다네. 원하는 것이 있으면 말해 보게."

잠시 침묵하더니 늙은 화부가 말했다.

"황제 폐하, 폐하의 말씀은 고맙습니다만, 저에게는 더 간절한 것이 있습니다. 이 누추한 곳까지 오셔서 제가 먹는 음식을 나누어 잡수셨고, 기쁜 일 슬픈 마음을 함께 생각해 주셨습니다. 어떤 값진 선물을 주시지 않았지만, 폐하 자신을 저에게 주셨습니다. 오직 바랄 것이 있다면, 우정이란 선물을 거두지 마시옵기 바랄 뿐이옵니다."

*낮이 얼마나 아름다운지는 밤이 되어야 알 수 있다. 마찬가지로 죽기 전까지는 인생을 평가할 수 없는 법이다. 〈룻소〉

동방박사의 선물

미국 최초의 칼럼니스트인 유진 필드가 신문사에 근무할 때의 일이다. 신문사 사장은 크리스마스가 되면, 언제나 사원들에게 칠면조를 선물하곤 했다.

어느 해인가, 유진은 "칠면조 말고, 옷을 한 벌 주실 수 없겠습니까?" 하고 부탁을 드렸다. 그러자 그 다음 날 죄수복 한 벌이 배달되어 왔더라고 한다. 그 다음부터 이 신문사에 유명인이 방문하는 날이면 반드시 죄수복을 입은 신사가 출근하는 일이 생겼다고 한다.

재미있는 선물에 짓궂은 응대가 웃음을 자아내게 합니다만, 프랑스 작가 쥬르쥬 르나르(「홍당무」의 작가)는 어떤 책이 무척 갖고 싶었지만, 돈이 없어 살 수 없는 게

유감이라고 무심코 친구에게 푸념을 한 적이 있었다.

이 말을 엿들은 부인은 그날부터 저축을 하기 시작해서 남편의 생일날, 바로 그 책을 사서 선물을 했다고 한다.

이보다 더 감동적인 것은 오 헨리의 작품『동방박사의 선물』에 나오는 짐과 데라의 이야기이다.

아내의 아름답고 긴 머리카락을 위해서 선조 대대로 내려오는 금시계를 팔아 예쁜 빗을 사가지고 돌아와 보니 아내는 그 아름다운 머리를 스카프로 감싸고 있었다. 서로가 선물을 교환하려는 순간, 아내는 남편의 금시계가 자기의 머리카락을 위해서 없어진 것을 알았고, 남편은 자기의 금시계를 위해서 아내의 머리카락이 없어진 것을 알게 되었다는 이야기이다.

오 헨리는 어쩌다가 옥살이를 한때가 있었는데 자기 딸에게 주는 선물로서 소설을 쓰기 시작했고, 딸을 실망시키지 않기 위해서 오 헨리란 가명을 썼는데, 원래 그의 본명은 윌리암 S 포터William S. Porter였다.

*지나가는 구름은 볼 수 있다. 그러나 지나가는 생각은 볼 수 없다. 〈호주 속담〉

위대한 축복

제우스 신은 많은 동물을 만들고 이들에게 알맞은 것을 선물로 주었다. 새에게는 하늘을 날 수 있는 날개를, 염소와 황소에게는 방어하고 공격할 수 있는 뿔을, 또 한편으로는 몸을 보호할 수 있는 깃털과 가죽을 입혀주었다.

이 광경을 지켜보았던 인간은 며칠을 기다렸으나 제우스 신은 그와 같은 선물을 주지 않았다. 이에 화가 난 사람은 목소리를 높여 제우스 신에게 불평을 털어놓았다.

"왜 우리 인간에게는 아무런 선물도 주시지 않습니까?"

제우스 신은 미소를 지었다.

"어리석구나! 내가 인간을 특별히 생각하고 준 것이

있는데 아직도 모르고 있구나. 나는 너에게 짐승들의 것보다 비할 수 없는 소중한 것을 주었는데 모른단 말이냐?"

"누굴 놀리십니까? 저는 당신에게서 받은 게 아무것도 없습니다."

"그럴 테지. 눈에는 보이지 않는 것이어서 깨닫지 못할 거다. 그것은 마음속에 들어가서 짐승보다 힘이 세고 날개를 가진 새보다 빠른 것이 있는데, 바로 이성이라는 것이 있지. 만물의 영장이 되기 위해서는 절대 필요한 것이다."

비로소 인간은 자신의 선물이 값지고 소중한 것임을 깨닫고는 사죄하는 마음으로 깊이 고개를 숙였다.

*진정한 천재란 비범한 일을 수행하는 능력이 아니라 평범한 일을 비범하게 수행하는 능력을 가진 자를 말한다. 〈윌튼〉

그대에게 축복을

미국의 어떤 젊은이가 매일 통근 열차를 타고 출근을 하고 있었는데 경사진 언덕을 오를 때면 기차의 속력이 떨어져서 철로 옆에 있는 집 안이 들여다보였다.

그런데 어떤 집에 나이 많은 부인이 항상 침대에 누워있는 모습이 보였다. 젊은이는 그 부인의 이름과 주소를 알아가지고 병이 회복되기를 비는 한 장의 카드를 보냈다.

보내는 사람의 이름은 그냥 '매일 언덕의 철길을 지나다니는 젊은이로부터'라고 써서 보냈다.

그런 일이 있은 후 몇 주일이 지나고 나서 집 안을 살펴보니까, 방은 비어 있고 창가에는 램프 불이 밝게 켜져 있었는데, '그대에게 축복을!'이라고 크게 쓴 종이 한 장이 붙어있었다.

누구를 돕거나 축복을 준다는 것은 쉬운 일이 아니다. 더욱이 전혀 모르는 사람을 돕는다는 것은 더욱 어려운 일이다.

하지만 세상에는 어떤 보답도 바라지 않고 그저 따뜻한 마음을 나눔으로써 세상을 아름답게 하는 사람도 있다.

*모든 것은 사람의 내부에 존재하고 모든 것은 사람을 위해 존재한다. 〈막심 고리키〉

사흘만 볼 수 있다면

세계적인 잡지 〈리더스 다이제스트〉가 '20세기 최고의 수필' 중의 하나로 선정한 헬런 켈러의 작품 『사흘만 볼 수 있다면(Three Days to See)』이라는 글은 이렇게 시작된다.

'보지 못하는 나는 촉감만으로도 나뭇잎 하나하나의 섬세한 균형을 느낄 수 있다……. 봄이면 혹시 동면에서 깨어나는 자연의 첫 징조, 새순이라도 만져질까 살며시 나뭇가지를 쓰다듬어 본다. 아주 재수가 좋으면 노래하는 새의 행복한 전율을 느끼기도 한다.

때로는 손으로 느끼는 이 모든 것을 눈으로 볼 수 있으면 하는 갈망에 사로잡힌다. 촉감으로도 그렇게 큰 기쁨을 느낄 수 있는데, 눈으로 보는 이 세상은 얼마나 아름다울까? 그래서 꼭 사흘 동안이라도 볼 수 있다면 무엇이 제일 보고 싶은지 생각해 본다.

첫날은 친절과 우정으로 내 삶을 가치 있게 해준 사람들의 얼굴을 보고 싶다……. 그리고 남이 읽어주는 것을 듣기만 했던 내게 삶의 가장 깊숙한 영혼을 전해 준 책들을 보고 싶다. 오후에는 오랫동안 숲속을 거닐어 보겠다. 찬란한 노을을 볼 수 있다면, 그날 밤 아마 나는 잠을 자지 못할 것이다…….'

*인간의 가치는 타인과의 관계로써만 측정될 수 있다. 〈니체〉

위대한 스승

헬렌 켈러를 위대하게 만든 것은 본인의 의지력과 노력 이외에 앤 설리번이라고 하는 헌신적인 스승의 공이 컸다.

앤 설리번도 태어날 때부터 눈이 아주 나빴다. 수술을 받고, 어느 정도 시력을 회복한 설리번은 눈이 불편한 사람을 위하여 일생을 바치기로 결심하였다.

그때 헬렌이 앤을 만나게 된 것은 큰 행운이었으며 희망찬 운명의 시작이었다.

고집 세고 비뚤어진 헬렌 켈러를 가르치기란 거의 불가능해 보였다. 그러나 앤은 굴하지 않았다. 때리기까지 하면서 글자를 가르치고 말을 가르쳤다. 이러한 앤의 집념과 투지가 없었더라면 헬렌 켈러라는 인물은 없었을지도 모른다.

그 후 42년 간을 스승과 제자로서 때로는 친구로서 함께 살았는데, 그들에게 불행이 닥쳐왔다.

앤이 눈이 다시 나빠져서 보이지 않게 된 것이다. 이번에는 헬렌 켈러가 헌신적으로 스승을 돌보면서 어릴 때 배운 방식대로 힘과 용기를 돌려드렸다.

앤 설리번은 위대한 제자를 남겨놓고 세상을 떠났지만, 헌신적인 봉사가 큰일을 이룬다는 것을 보여준 교훈적인 인물이었다.

*어려운 점은 사랑의 기술이 아니라 사랑을 받는 기술이다.〈도테〉

우리를 슬프게 하는 것들

타향에서 살고 있는 사람들의 마음속에는 두고 온 고향과 어린 시절의 집과 작은 뜰이 항상 자리 잡고 있어서 삶이 고통스러우면 그만큼 자유스러운 시간을 보냈던 순간을 떠올리게 된다. 그래서 소년 시절을 보냈던 숲과 개울의 물장구, 자주 말썽을 일으키며 장난질을 치던 어둑어둑한 방과 진지한 표정을 짓는 늙으신 부모님의 모습이 사랑과 근심, 약간 꾸중하는 빛을 띠며 나타나기도 한다. 손을 뻗어 그 영상을 잡으려 하지만 헛된 일이다. 그러면 걷잡을 수 없는 슬픔과 고독이 엄습해 오고 그 위에 큰 형상들이 어둠처럼 덮쳐 온다.

자기만의 고독한 시간은 우리를 슬프게 한다. 지난 젊은 시절, 가장 가까운 사람을 고통 속으로 몰아넣고, 사랑을 이유 없이 거절하고 호의를 한 번쯤 무시해 보지 않은 사람이 누가 있단 말인가. 자신을 위해 마련된 행복에 대해 이유 없는 반항과 오만으로 젊음의 한때를 잃어버리지 않은 사람이 그 누가 있다는 말인가. 자신의 경외심을 스스로 손상시켜 보지 않는 사람이 누가 있다는 말인가? 이들 모두가 이제 당신 앞에 나타나서 한마디의 말도 하지 않고 조용한 눈길로 바라보고 있을 뿐이다.

*정원을 사랑하는 자는 온실도 좋아한다. 〈W. 쿠퍼〉

천성

가을이 되면 초가지붕의 박이 익어간다. 처음에는 밤알만 하다가 점점 커져서 마침내는 보름달을 닮은 모습을 한다. 밤마다 보름달을 보며 자란 탓일까? 박은 보름달이 되고 싶었다.

"달님."

"왜 그러니?"

"제가 달님을 닮았지요?"

"그런 것 같구나."

"그런데 왜 나는 빛을 낼 수 없을까요?"

박은 볼멘소리로 물었다.

"아름다운 소녀가 있었단다. 그 소녀는 노래 부르는

사람을 보자 성악가가 되려고 했지. 또 그림을 잘 그리는 사람을 보고는 화가가 되고 싶은 마음이 간절했어. 그러다가 소설 쓰는 작가가 되었단다."

"왜 그랬을까요?"

"그야 사람마다 타고난 천성이 다르니까."

박은 고개를 숙였다. 남의 흉내를 내려고 한 것이 잘못임을 깨달았기 때문이다.

박은 공손히 말했다.

"난 목마른 사람에게 물을 떠주는 바가지가 되겠어요."

*말도 아름다운 꽃처럼 그 색깔을 지니고 있다. 〈E.리스〉

한 삽의 힘

저수지가 없어 농사는 물론 마실 물조차 어려운 마을이 있었다. 마을 사람들은 항상 물 걱정을 하면서도 아무 대책 없이 그럭저럭 지낼 뿐이었다.

그러던 중에 한 스님이 지형을 살펴보는 듯하더니 언덕 위 빈터에 삽 한 자루를 가져다 놓았다. 그리고 그 옆 나무에 지나가는 사람마다 한 삽씩만 땅을 파 달라는 문구를 적어 놓았다. 그 나무의 글을 본 마을 사람들은 그다지 어려운 일이 아니었기에 오고 가면서 한 삽씩 파 주었다.

마을 사람들이 들로 밭으로 일을 하러 나갈 때마다 한 삽씩을 파다 보니 땅을 파는 것으로 하루를 시작하게 되었다.

평지의 땅이 조금씩 패이기 시작했다. 비가 오면 빗물이 괴고, 주위로부터 물이 흘러들어 차츰 연못으로 바뀌기 시작했다. 그로부터 10여 년의 세월이 흐르자 연못은 커다란 저수지가 되었다.

저수지가 완성되면서 척박하던 땅이 옥토로 변하고 많은 수확을 거둘 수 있어 비로소 마을 사람들은 시름을 잊을 수 있었다.

*바람과 파도는 항상 항상 유능한 항해사의 편에 선다. 〈에드워드 기번〉

한 권의 책

복잡한 도시 생활을 싫어하는 한 은자가 숲속에서 혼자 살고 있었다.

어느 날 친구가 찾아와 책 한 권을 선물하고 돌아가자 은자는 그 책을 책상 위에 놓아두었다. 그런데 쥐가 그 책을 갉아 먹자 은자는 쥐를 쫓아 버리기 위해 고양이를 구해 왔다. 하지만 고양이를 키우기 위해서는 우유가 필요했다.

그래서 은자는 궁리 끝에 암소를 사육하기로 작정하였으나 혼자서 암소를 키우기에는 너무 벅차서 하인을 구해야 했다. 한편 하인에게는 살 집이 필요했으므로 이번에는 집 한 채를 따로 지어 주었다.

얼마 후에 하인이 결혼을 하자, 아내와 아이들이 생겼고, 그 하인의 가족과 친구들의 왕래가 이어지자, 한 채 두 채 집이 늘어나기 시작했다. 그로부터 십여 년의 세월이 흐르자, 적막하던 숲속에 아담한 마을이 생겨났다.

어느 날 은자는 산 아래의 마을을 굽어보다가 문득 지난날 세상으로부터 떨어진 자신의 생활이 떠올랐다. 그리고는 어쩌다가 이런 형편에까지 이르게 됐는지 생각해 보았다.

'한 권의 책이 마을을 만들었구나!'

*먼저 핀 꽃은 홀로 일찍 진다. 이러한 이치를 깨달으면 인생을 살아가면서 조급한 마음으로 일을 망치는 큰 실수를 저지르지 않을 것이다. 〈채근담〉

책은 영혼의 스승

영국의 성직자 제레미 코리아는 이렇게 말했다.

"책은 젊은이에게 삶의 반려자로 노인에게는 휴식을 가져다주는 오락과 같다. 고독할 때 마음의 지주가 되고, 고통의 짐을 덜어주기도 한다. 뜻대로 안 되는 인간관계나 다툼을 슬기롭게 해결해 주는 명약이다."

또 리차드 베리는『책사랑』이란 글을 통해 그의 견해를 밝히고 있다.

'책은 회초리나 막대기도 갖고 있지 않고 고함도 치지 않는 영혼의 스승이다. 언제 어느 때 만나고 싶으면 자유롭게 만날 수 있는 다정한 친구와 같다.

잠을 자지 않고 있기 때문에 언제든지 상의하고 질문을

할 수 있다. 책은 아무것도 감추지 않고 정직하게 가르쳐 준다. 책이 말하는 것을 오해하여도 책은 아무런 불평도 하지 않는다. 내가 무시해도 책은 비웃지 않는다.'

*행복이란 타인뿐 아니라 자신에게도 즐거움을 주는 향수와 같은 것이다. 〈에머슨〉

은혜

앵무새 한 마리가 살던 곳을 떠나 다른 산에 머무른 적이 있었다. 그곳에 사는 온갖 새와 짐승들은 앵무새를 몹시 사랑하였다.

어느 날 앵무새는 자기가 살던 곳으로 다시 돌아왔다. 그런데 얼마 후 자신을 사랑해 준 새와 짐승이 사는 산에 큰불이 났다. 앵무새는 그 소식을 듣자 곧장 날아가 자신의 날개에 물을 흠뻑 적셔 불을 끄기 위해 사력을 다했다.

이를 지켜본 산신이 말했다.

"앵무새야, 네 작은 날개에 묻은 물로 불을 어찌 끌 수 있느냐?"

"저도 잘 알고 있습니다. 그러나 예전에 제가 이

산에 있을 때, 모든 새와 짐승들이 저를 형제처럼 매우 사랑했습니다. 그때 입은 은혜를 어떻게 모른 척할 수 있겠습니까?"

산신도 마침내 앵무새의 생각에 감동하여 곧장 비를 내렸다.

*빈곤하고 어려울 때 사귄 친구는 언제까지나 잊어서는 안 된다. 〈후한서〉

천국과 지옥

눈코 뜰 사이 없이 바쁜 사람이 있었다.

회답을 하지 못한 편지가 산더미처럼 쌓여 있고 약속은 밀려있고 처리해야 할 일이 너무 많았다.

잔디 깎을 시간이 없어서 정원이 덤불처럼 엉켜있어 아무 일 없이 빈둥빈둥 노는 사람이 부러울 정도였다.

어느 날, 그 사람이 잠깐 눈을 붙인 사이에 꿈을 꾸게 되었는데, 자신이 아주 멋진 사무실에 앉아 서류 한 장 없는 깨끗한 책상에 처리할 일도 없었다.

창밖을 보니 이미 잔디는 깨끗이 손질되어 주위가 고요하고 아늑한 맛이 마치 천국 같았다.

"아. 이것이 바로 행복이구나!" 하는 감동에 사로잡혔을 때 갑자기 "내가 무엇을 하고 있지?" 하는 생각이 났다.

그때 매일 오던 우편 배달부가 오늘은 자기에게 들리지도 않고 그냥 지나가는 모습이 보였다.

그러자, 그는 우편 배달부를 불러서 물어보았다.

"여기가 도대체 어디지요?"

"그것도 아직 모르셨습니까? 여기가 바로 지옥입니다."

*세 사람이 길을 가면 그 중에 반드시 스승이 될 사람이 있다. 〈논어〉

인생 계산법

사람의 나이를 아침 일곱 시부터 밤 열한 시까지의 하루의 일과 시간과 서로 대비해 보면 다음과 같다.

- 15세는 오전 10시 30분에 해당되고
- 20세는 오전 11시 34분
- 25세는 오후 12시 42분
- 30세는 오후 1시 51분
- 35세는 오후 3시 00분
- 40세는 오후 4시 8분
- 45세는 오후 5시 16분
- 50세는 오후 6시 25분

- 55세는 오후 7시 34분
- 60세는 오후 8시 42분
- 65세는 오후 9시 51분
- 70세는 오후 11시에 해당한다는 것이다.

심리학자 레슬리 웨더헤드의 인생 계산법이다.

가던 길 잠시 멈춰서서

인쇄 2022년 9월 25일
발행 2022년 9월 30일

이강래 지음
홍철부 펴냄

펴낸곳 문지사
등록 제25100-2002-000038호
주소 서울특별시 은평구 갈현로 312
전화 02)386~8451/2
팩스 02)386~8453

ISBN 978-89-8308-581-8 03810

값 14,500원